부평초

부평초
초판 발행 2024년 10월 31일

지은이 조진태
펴낸이 조충영
펴낸곳 지워크
출판신고 2023년 10월 26일.(제251-2023-104호)
주 소 서울특별시 구로구 오류로 36-25, 1F
전 화 010-4490-4050
이 메 일 gwalkbooks@gmail.com

ISBN | 979-11-986315-3-4

ⓒ 지워크 2024
본 책은 저작자의 지적 재산으로서 무단 전재와 복제를 금합니다.
책값은 뒤표지에 표시되어 있습니다.
잘못된 책은 구입처나 본사에서 바꾸어 드립니다.

부평초

조진태 지음

지워크

[머리글]

인간 삶의 다양성, 그리고…

 이 지구상에는 칠십육억의 인간이 살고 있다고 한다. 그 많은 사람이 저마다 삶의 형태를 갖고 살아간다. 한 날한시에 태어난 쌍둥이도 한 생의 삶이 다르다.
 『부평초』의 작중 인물 순이도 그 칠십육억 명 중의 한 분자로 태어났지만, 그녀는 누구와도 똑같은 삶을 살아가지는 않았다. 연리지 나무가 비록 뿌리가 같아도 두 개의 몸체일 때 잎과 가지가 다르듯이 인간의 삶도 각양각색이다. 권력과 금력을 추구하는 정상배들이 있는가 하면, 잡초처럼 살아가는 밑바닥 인생도 있다. 조폭이나 사기꾼으로, 혹은 노숙자나 걸인으로 한평생을 살아가는 이들도 있고, 강도나 살인자로 평생 감옥을 제집처럼 드나들며 사는 이들도 부지기수다. 윤리 도덕을 생명보다 중히 여기며 자신보다는 남을 위해 헌신과 봉사로 한 생애를 보내는 사람도 있다.

이렇게 다양한 인간의 삶에 대하여 어떤 삶이 옳고 바르다는 기준은 있을 수 없다. 다만 그렇게 살아가는 각자의 인간들이 지닌 심령에 의한 삶의 추구일 뿐이다. 인간이 태어나서 이 광대무변의 우주 속에서 살다 가는 생명 있는 것들의 사는 시간은 극히 짧다. 하루를 살다 가는 하루살이에서 6백 년을 사는 거북이, 천 년을 산다는 학, 그중에 고작 백 년을 사는 인간이 이 우주를 지배하며 산다는 착각에 빠져있다.

우리가 사는 이 지구가 속해 있는 은하계에는 우리 눈에 보이거나 보이지 않은 별들이 1천억 개이고, 그 1천억 개를 가진 은하계가 우주 전체에는 다시 1천억 개가 들어있는 곳이 우주라는 과학적인 주장이 있다. 그러니 그 속에 존재하는 인간이야말로 미세먼지보다 더 미세한, 어쩌면 무존재로 느껴지게 된다. 그런 미미한 존재가 그것도 길어야 백 년의 삶이 고작인데 우주 만물의 영장으로 스스로 군림하며 삶을 영위해 간다.

소설 『부평초』에서 작중 인물 순이는 오늘을 살아가는 인간 삶의 한 양상의 보기로 들 수 있다. 그녀에겐 처음부터 물질의 추구나 도덕적인 개념도 없다. 性에 있어서도 윤리적이고 도덕적인 모럴보다는 일시적 본능의 쾌락이면 그만이었다. 그저 간간이 무의식적으로 떠오르는 심령에 몸살을 앓았을 뿐이었다.
로즈메리의 향기가 그렇고, 진홍빛 장미꽃의 아름다움과 향기 역시 십 일을 못 간다. 꽃들이 그러하듯 인간의 삶에도 빛이 있고 그림자가 있기 마련이다.
　인간에게도 날개가 있으면 날 수 있고, 날개가 없어도 날 수 있다. 날개가 있어도 날지 못하거나 날개가 있어도 추락하는 수가 있다.
　순이가 그러했다. 중국의 한 변방에서 조선족으로 태어나 동북 3성을 주유했고 한반도로 건너와 낯섦 없는 타관살이에 북중미 대륙에, 북극권을 누빈 그녀는 실패 감던 순이에서 성도, 이름도, 나이도, 나애란과 안나로 변신을 거듭하며 살았다. 하지만 거칠고 굽 높은 세파의 격랑에 부대끼며 뿌리 내리지 못하고 나르던 날개를 접었다. 그리하여 추락한 육신을 이승에 미련 없이 던져두고 심령의 안식처를 향해 조용히 떠났다.

그녀가 그녀의 방식대로 살다간 일생에 대해 이런저런 후일담으로 세상에 회자된 적은 단 한 번도 없다. 인간이 살아가는 양상은 그렇게 다르기 때문이다.

2024년 11월 1일
지은이   趙 鎭 泰

차 례

[머리글] 인간 삶의 다양성, 그리고… ……………… 4

부 평 초

1. 날개가 있어도… …………………………… 10
2. 관능의 늪 …………………………………… 12
3. 인생 이모작 ………………………………… 29
4. 강변에 타는 놀 ……………………………… 36
5. 실패 감던 순이가 …………………………… 40
6. 우정 …………………………………………… 49
7. 총각 그리고 아줌마 ………………………… 52
8. 빛과 그림자 ………………………………… 73
9. 다롄행 남행열차 …………………………… 91
10. 잡초 무성한 고향 ………………………… 99

11. 위장 이민 ················· 105
12. 〈사계절〉 상회 ················· 118
13. 거듭하는 변신 ················· 136
14. 이글루의 하룻밤 ················· 143
15. 욕망과 쾌락 뒤에 오는 것 ················· 155
16. 눈물로 젖은 편지 ················· 169

1. 날개가 있어도…

거기에는 전설 속의 인물 같은 한 여인이 있었다.

그녀는 처음부터 뿌리를 내리고 살 땅을 갖지 못했다.

그녀는 일찍이 삶을 찾아 조국을 등지고 낯설고 물선 이국땅 안산에서 심학초 씨와 장(순악) 씨 사이에서 3녀로 태어났다. 그녀는 한족도 아니고 조선인도 아닌 조선족으로 자랐다. 그녀는 가난과 관습에서 탈출하기 위해 부모도, 형제도, 자식마저도 버린 채 태어난 고향 안산을 등졌다. 그때가 18세의 나이였다.

혈혈단신 맨몸으로 거친 세상의 파도를 탔다.

바람 불고 비 와도, 가고 오는 세월 탓하지 않았다. 중국 대륙의 동북 3성을 부평초처럼 떠돌았다.

인생 어언 중반에 접어들자 한국으로 건너왔다.

그녀가 바로 순이고 애란이로, 다시 안나라는 이름으로 변신한 여인이다.

그녀는 성도 이름도 나이마저 바꿔 가며 변신을 거듭하며 세상을 떠돌았다. 부평초 같은 인생을 살다 간 한 인간의 생애를 추적해 보기로 한다.

2. 관능의 늪

봄볕이 나른하게 빗기던 어느 날이었다.

진달래 꽃망울이 활짝 벌어 터진 지도 오래되었고, 길바닥엔 벚꽃 잎이 떨어져 길을 하얗게 덮고 있었다.

꽃향기 휘어 감고 사르르 지나가는 봄바람은 길바닥에 떨어진 꽃잎을 비질하듯 휘몰아 간다.

날씨는 맑고 화창하다.

그녀는 집을 나서면서부터 몇 번을 뒤돌아보며 걸었다. 혹시나 그가 뒤를 밟지나 않을까 해서였다. 그가 그렇게 할 리야 없겠지만, 그녀의 습관적인 버릇 때문이었다.

아파트의 정문을 나와 지하철을 탔으면서도 연신 뒤를 돌아보았다. 그는커녕 그의 그림자도 보이지 않았다.

그녀는 그제야 빈 좌석 하나를 잡아 앉았다.

"깍꿍, 깍꿍."

애란은 스마트폰을 꺼내 열었다.

카톡에 종규의 이름이 떴다. 그의 이름을 누르자 문자가 떴다.

"누난 왜 늦어? 난 벌써 와서 기다리고 있는데."

"응, 그래, 십 분 뒤면 도착한다. 종규 보다 열 살이 더 많아 자주 만나 이물 없이 지내다 보니 종규는 애란을 누님이라 했다가 누나라 불렀다. 그러다가 언제부터인지도 모르게 '너, 나'로 호칭이 바뀌었다.

그때가 아마 리브사이더 모델을 한 번 다녀오고부터일 것이다.

남녀에서 그 관계가 한 번 이루어지고 나면 곧 종적 관계는 무너지고 횡적 관계로만 이루어진다. 남녀도, 상하도, 나이도 구별이 없어진다. 그 이유는 남녀 서로가 가장 중요한 것을 주고받았기 때문이다. 그래서 언어부터 평등해진다. 유교 사상에는 아무리 친한 사이라 할

지라도 열 살이 더 많으면 형으로 깍듯이 대접하라 했다. 그러나 현대에 와선 종규와 애란처럼 몸 한 번 섞고 나면 말과 행동 모두가 상호 평등해지기 마련이었다.

'하자, 먹자, 그래, 응…' 따위가 다반사로 쓰이기에 종규와 애란이도 저절로 그렇게 되었다.

또 전화가 왔다.

"누나, 아직도 멀었어!"

"응, 다 왔어."

"빨리 와! 너무 보고 싶다."

"그래, 나도 그렇다."

종규와 애란의 사이는 이 정도까지 와 있었다. 그래서 1주일에 한 번씩만 만난다는 것은 너무 아쉬웠다.

애란은 거의 뛰다시피 해 발걸음을 재촉했다.

애란은 지하철에서 내리자 7번 출구를 빠져나와 사거리 건널목을 건넜다.

한낮인데도 해피클럽 조명등이 높은 건물의 중간쯤에서 번쩍이고 있다. 애란은 그 빌딩의 지하 계단으로 미끄러지듯 빨려 들어갔다.

애란이 들어선 무도장은 오전 열 시쯤이었지만 벌써 춤을 추고 있는 남녀 대여섯 쌍이 눈에 들어왔다. 조명 등 불빛이 희미하게 회전하는 무도장 안에는 블루스 음악이 여리게 퍼져서 잔잔한 분위기가 조성돼 있었다.

만나면 언제나 둘이 앉는 무도회장 한 코너의 9번 좌석에 종규가 앉아있다.

애란이 그의 곁으로 다가가자 종규가 엉거주춤 반쯤 일어서서 손을 내밀어 주었다.

애란이 종규와 잡았던 손을 놓고 같은 테이블에 마주 앉는다.

"1주일에 한 번 만나는 것은 너무 아쉬워."

종규가 말했다.

"나도 그래."

애란이도 맞장구를 쳤다.

애란이 종규를 처음 만난 것은 2년 전, 오늘처럼 벚꽃이 흐드러지게 피던 때였다. 친구들과 등산을 갔다가 하산하던 길에서다. 쉼터인 정자에서 남녀가 함께 잠시 쉬게 되었다.

애란이 같이 등산 갔던 여자 친구들에게 커피를 나

누어 주다가 옆에 앉은 처음 보는 사내에게도 커피 한 잔을 대접한 것이 인연이 되었다.

커피 한 컵을 얻어 마신 사내가 명함 한 장을 건너며 말했다.

"혹시 시간 나시면 전화 주세요. 저도 차 한 잔 대접하게요"

"네, 고마워요."

그가 바로 이종규였다.

그로부터 사흘이 지났다. 영감이 아침부터 옷차림을 단정히 하더니 애란에게 말했다.

"오늘은 대학 동창 모임이 있어 나가야 하는 데 아마 술도 한 잔씩 해야 할 테니 늦을 거야. 어디 볼 일 있거나 친구 만날 일 있으면 저녁 걱정하지 말고 일 봐도 돼."

"알았어요. 잘 다녀오세요."

영감을 내보내 놓고 주방 설거지를 하고 집안을 대충 쓸고 닦았어도 아직 9시도 되지 않았다.

'오늘은 뭘 하고 하루를 보내나? 친구들과 등산 갔다 온 지도 사흘밖에 안 됐으니 금시 만나자고 할 수도 없

고.'

애란은 고스톱 할 친구를 찾다가 등산길에서 만난 남자가 떠올랐다.

받은 명함을 등산 때 차고 다니던 색에서 꺼냈다.

"시간 나시면 아무 때라도 전화 주세요. 차 한 잔 대접할 테니까요." 하던 말이 생각나서 꺼내든 명함의 사진을 들여다본다.

명함에 박힌 사진은 며칠 전 본대로 젊고 핸섬해 보였다.

전화번호를 또박또박 눌렀다. 첫 신호음이 끝나기도 전에 전화를 받는다.

"여보세요?"

"저, 며칠 전 등산길…."

"아, 네 안녕하세요? 저 이종급니다. 어찌 시간 나시나요?"

"네, 짬이 좀 생겨서요."

"그러셔요. 그럼 지금이라도 나오세요. 제가 드린 명함 뒤쪽에 그려진 약도대로 오시면 돼요. 지하철역 7번 출구로 오시면 제가 나가겠습니다."

"그럼 10시 반에 만나요."

이렇게 해서 애란과 정규와 만나 해피클럽에서 춤을 추게 되었고 춤을 춤으로써 깊은 관계에 자신들도 모르게 빠져들었다.

"일주일에 한 번씩 만나는 것은 아쉬우니까, 그럼 두 번씩 만날까?"

애란이 말했다.

"열 번씩 만나요."

종규가 표정도 바꾸지 않고 말했다.

"그러면 얼마나 좋겠냐마는 정 그러다간 너 마누라한테 벼락이라도 맞을 셈인가?"

"그렇게 한다면 나보다도 누나가 더 걱정이야. 누난 남편이 무섭지도 않아?"

"무섭기야 하겠냐만 1주일에 상황 봐서 두세 번 만나기로 하자. 나도 네가 염려되어 그런다."

"전에도 말했잖아. 마누라 역시 이웃집 사내와 정분을 맺어 놓고도 나보고 바람둥이라고. 그러면서 꼴 보기 싫다며 처형이 사는 일본 오사카로 날아간 지도 오래라고."

"응, 그랬지. 하지만 딸이 둘이나 있다면서?"

"다 커서 결혼했는데 무슨 걱정 있겠어."

종규 역시 마누라 나무랄 건 못 된다. 출중한 종규에겐 젊은 여성이 줄 이어 따랐다. 거기다 춤이라면 무도장에서 최고 인기를 점유했다.

무도장에서 어쩌다가 종규의 가슴에 한 번 안긴 여성은 스스럼없이 몸을 맡겼고 그로 인해 후회하는 여성도 없었다.

춤바람이 화제를 일으켰던 그런 시대가 아니었다. 간통죄도 사라진 오늘의 성 개방은 처녀들이 결혼 전 성관계 연습부터 한다는 말이 나올 정도다.

'자유부인'이 한참 화젯거리였던 시대에 또 하나의 화젯거리가 있었다.

'박인수 사건'이었다. 기가 막히게도 춤을 잘 추었던 박인수는 잘생긴 미남으로 그가 있는 곳마다 여성들이 줄을 섰다. 특히 명문 여대생들이 박인수의 춤에 놀아나 처녀성을 잃은 숫자가 무려 70여 명이나 된다 해서 중앙지 4대 신문을 도배한 적이 있었다. 이 사건으로 박인수는 학부모들로부터 고소를 당해 재판을 받았다.

그 재판의 결과 판결문의 요지는 이러했다.

'정조는 지킬 수 있는 자만이 보호된다.'

결국 박인수는 무죄 판결을 받았다.

이토록 남녀 간의 성 문제는 윤리, 도덕을 논의하는 시대가 아님을 말해주는 듯싶다. 과거 한 시대를 풍미했던 박인수나 여대생들의 성 모럴과 오늘날 이종규와 나애란의 성에 대한 관능적 탐닉과 쾌락의 추구는 그 어떤 것도 다른 게 없어 보인다.

그런 시대의 한복판에 선 종규나 애란은 성의 쾌락에 중독돼 있다.

종규는 춤만큼이나 정력도 넘쳐났고, 성의 기교도 뛰어나 한 번 관계한 여성은 사족을 못 쓰고 그를 만나기를 원했다.

애란이도 50대의 중반을 넘어섰고 폐경기를 한참이나 지났어도 종규의 품에 처음 안겨 춤을 췄을 때 그 황홀함을 떨쳐 버릴 수가 없었다.

대낮인데도 지하실의 무도회장은 천정에 달린 네온사인의 불빛이 별빛을 쏟아붓는 듯 빙글빙글 돈다. 그 아래 쌍쌍의 남녀는 블루스나 지르박에 맞춰 슬로우 슬로우, 퀵퀵 잘도 춤을 춘다.

애란이도 종규의 가슴에 안겨 춤을 춘다. 슬로우, 슬로우. 퀵, 퀵 …

종규는 무도장에서만 입는 하얀 실크의 양복을 싱글로 입었다. 애란이도 잠자리 날개 같은 연분홍 무도복을 맞춰 입었다.

두 사람은 양팔을 잡고 천천히 춤을 춘다.

종규가 팔을 쭉 뻗어 왼손으로 애란의 손을 잡고 오른팔로 애란의 등을 밀어 빙그르르 한 바퀴 돌린다. 애란이 입은 잠자리 날개의 연미복형의 무도복은 춤을 출 때마다 치맛자락이 우산처럼 펼쳐져 빙그레 돈다. 그러다가 종규가 팔을 끌어당겨 가슴에다 애란을 품는다.

그렇게 해서 두 사람은 한 몸이 된다.

그때 애란의 다리 사이로 종규의 빳빳한 물건이 와 닿았다.

애란은 그것이 주는 자극에 자기도 모르게 몸을 움찔했다.

야들야들한 실크 바지를 경계로 애란의 몸과 맞닿은 서로의 육체는 무도장에서 춤을 추고 있다는 사실도 잊은 채 종규의 허리를 껴안았다. 종규도 두 팔로 애란을 힘주어 안았다. 모두가 희미한 불빛 아래서 춤을 추느라 남의 행동에는 관심이 없다.

애란은 이때 자기 나이가 육십 대를 바라본다는 사실도 잊었다. 폐경기를 보내고도 긴 기간이 흘렀지만 지금도 웬일인지 자꾸만 몸 전체가 불꽃으로 활활 타올랐다. 애란은 종규의 몸에서 떨어지고 싶지 않았.

두 사람은 한동안 몸도 움직이지 않고 나무둥치처럼 가만히 서 있었다.

잔잔하게 흐르든 음악이 멈춰지면서 천장에 매달린 전구에서 한두 개씩 불빛이 들어오기 시작했다.

그제야 두 사람은 몸을 풀고 9번 테이블로 가 마주 앉았다.

모든 사람들이 잠시 휴식하기 위해 각자의 테이블로 돌아가 백주나 음료수를 마셨다. 애란과 종규도 언제나 마시는 각텔 된 '진토닉' 잔을 들어 쟁그랑 소리가 나도록 맞부딪친 다음 술을 마셨다.

"벌써 열두 시가 되었네."

종규가 벽에 걸린 시계를 보며 말했다.

"우리도 나가요. 어디 가서 점심을 먹어야지."

애란이 종규의 손을 잡아끌자 함께 일어섰다.

종규는 남자 탈의실로, 애란은 여자 탈의실로 가서 무도복을 벗어 놓고 평상복으로 갈아입은 후 해피클럽을 나와 승용차를 탔다.

평소에 자주 갔던 신사동 네거리에 있는 양식집 '안개 낀 산모롱이'에 들렀다. 주인 마담이 반기며 특실로 안내했다. 함박스텍과 전복죽으로 점심을 들고 전에도 간혹 갔던 한남대교가 끝나는 북쪽 리브사이더 모텔에 들렀다. 그곳은 침대 방이 넓고 깨끗했으며 사우나탕도 널찍해서 편했다

둘은 함께 욕실에 들어가 목욕과 샤워를 했다.

서로 등을 밀어주기도 하고 한 주 동안 참아왔던 욕정을 풀기 위해 종규는 애란의 몸 전체를 쓰다듬었고, 애란도 종규의 몸 곳곳을 씻어주고, 그것을 어루만져 주었다.

둘은 마주 보고 섰다.

무도장에서 춤을 추다가 마주 섰던 그런 자세였다.

종규는 애란을 와락 끌어안았다.

두 사람은 키스를 했다.

이어 더블베드에 가 나란히 누웠다.

종규는 반듯이 누운 애란의 육체 위에 몸을 덮었다. 애란은 온몸을 부들부들 떨며 종규의 허리를 껴안았다.

종규도 애란과 마찬가지의 동작을 취했다.

솔직히 말해 무도장 강사를 빌미로 수많은 중년 여성을 상대해 보았지만, 애란처럼 성적 만족감을 주는 여성은 별로 없었다.

또한 60대를 눈앞에 둔 애란이 역시 초혼에서 파혼당하고부터 기이한 연유들로 수많은 남정네들과 일시적 동거를 했거나 내연의 여자로서 남성 편력은 종규 못지않은 이력이 있다. 그런 이력에서도 역시 종규의 성 기교나 매력은 애란이 일찍 경험해 보지 않은 색다른 느낌을 주었다.

종규는 애란이 오르가슴에 달하기를 기다리며 절정에 이른 자기의 쾌락을 억제하면서 참고 또 참아주었다.

드디어 애란은 깊은 신음소리를 내며 종규를 으스러지도록 힘껏 껴안았다.

애란은 신음과 함께 지극히 억제된 괴성까지 냈다.

두 사람은 성적 절정의 순간을 만끽한 후 서로 입술을 맞대 비볐다.

이렇게 관능에서 오는 쾌락은 이 세상의 어디서도 찾기 어려운 것임을 지금 경험하고 있다.

종규는 한참 만에야 그녀의 옆으로 가 슬그미 누웠다. 두 사람은 한꺼번에 몰려오는 피로감에 어느 사이 잠이 들었다.

얼마간 잠을 잤는지 모른다. 애란이 먼저 잠에서 깼다. 그러나 애란은 실오라기 하나 없는 전라로 가만히 누워 있는 종규 곁에 눕는다.

둘은 그런 정도로 성을 즐긴 후 나란히 누워 있었다.

그럴 때 애란의 눈길이 무심히 닿은 침대맡의 벽에 붙은 명함 크기의 스티커가 눈에 들어왔다.

'조선 사람은 들어오고, 일본 사람은 나가시오!'

애란이 스티커에 쓰인 글귀를 읽고 손가락으로 가리키며 말했다.

"이 모텔 주인은 항일 투쟁을 하는 애국지사라도 되는 모양이야."

종규가 빙그레 웃으며 말했다.

"애국지사는 무슨 애국지사. ○선 사람은 들어오고, 볼일 다 본 사람은 얼른 방 비우라는 뜻이지."

종규의 말을 듣고는 애란이 깔깔거리며 박장대소한다.

"진짜 그러네."

"누나, 이젠 우리도 볼일 다 보았으니 나가 볼까. ○선 사람이 들어오게."

애란이 종규의 고개 숙인 그것을 한 번 만져 보고는 말했다.

"그래, 볼일 다 봤다고 고개를 숙이고 있네. 나가자. 조선 사람 들어오게."

그날 두 사람은 강남 로데오에서 장어 국밥 한 그릇씩을 먹고 헤어졌다. 그때는 벌써 하루해가 저물어 어둠이 내리고 하늘엔 성근 별이 반짝거렸다.

애란이 엘리베이터에서 내려 아파트 문을 열고 집안에 들어섰을 때는 남편이 먼저 와 있었다.

"당신이 늦게 오실 거라더니."

"다 늙으면 별 볼 일 없어져. 술 마시면 몸 지탱하기

어렵다고 일찍 집에 돌아들 갔지. 마누라의 지청구를 들더라도 집에 있는 게 편하다며 모두 일찌감치 헤어졌어."

"그럼, 저녁은요?"

"안 먹었지만 별생각 없어. 그런데 어디 가서 뭘 하고 있다가 이렇게 늦었어!"

애란은 가슴이 철렁했지만 너스레를 떨었다.

"오늘도 친구들 댓 명이 모여 고스톱을 하고 놀다가 노래방엘 갔지 뭐예요. 거기서 내 언젠가 말했던 영란이란 친구가 노래방을 독점하지 않았겠어요. '신고산이 우루루 기차 떠나는 소리 …'에서, '만고강산 유람할 제 봉래산이 어디메뇨…' 등 간드러진 목소리에 팔자로 꺾는 노래 솜씨가 보통이 아니었지요."

남편 지용하 씨는 애란이 애써 수다를 떨었지만 별 관심 없이 듣다가 "커피나 한잔 마실까?" 했다.

"지금 커피 마시면 밥 잠 안 와요. 내 얼른 마죽이나 한 컵 타 드릴 테니 그거나 저녁 식사 대신 드세요."

애란은 남편이 간식으로 먹고 밀어내 놓은 마죽 그릇을 씻어 놓고 타월로 물 묻은 손을 닦으면서 안방 침대로 가 앉으며 말했다.

"오늘은 일찍 주무셔요. 저도 아무 한 일 없이 놀다 왔지만 피곤해 일찍 자야겠어요."

"그러지 뭐."

두 사람은 침대에 나란히 가 누웠다. 평소 같았으면 지용하 씨 경우 10시가 넘도록 강의 준비를 하느라 컴퓨터 앞에 앉아있었고, 애란은 카톡을 보거나 문자 메시지를 보내는데 열 올리는 시간이었다.

3. 인생 이모작

지용하 씨는 정년퇴직한 지도 8년이 지났다.

30대에 외무고시에 합격한 후 외무부에서만 한평생을 바쳐왔다. 그는 본부 과장을 거쳐 외국에서 1등서기관으로서 참사나 영사를 두루 거쳤고, 본부로 돌아와 국장과 기획실장을 거쳐 관리관으로 정년퇴임을 했다. 칠순이 되었지만 초대하는 데가 많아 특강을 자주 다닌다.

그는 잠자리에 들어 눈을 감았지만 잠이 오지 않았다.

사별한 아내가 떠오른다. 평생을 불평 없이 내조를

잘해준 아내였다. 외교관의 화려했던 겉모습과는 달리 고충이 많았던 내면의 가정생활을 아내는 잘 극복해 나왔고, 지혜롭게 잘 도와주었다. 그런 아내였기에 퇴임이라는 자유로움은 아내와 더불어 백 년을 함께 누리며 살리라 다짐한 지용하 씨였다.

그런데 아내 고흔아가 세상을 떴다. 평소 건강에 아무 이상 없이 지내던 아내가 심장 마비로 긴급구조대에 실려 병원에 갔지만 소생은 불가능이었다.

아내는 평소 모습대로 예고도 없이 조용하게 저세상으로 갔다. 이 무슨 운명의 장난이란 말인가!.

지용하 씨는 하늘도 무심하구나 싶었다.

그는 아내가 숨을 거두고 누운 그녀를 흔들어 불러 봤지만 영영 대답이 없었다.

사흘 만에 그녀의 혼은 도자기 함에 한 줌의 재로 담겨 공원묘지에 혼자 묻혔다. 지용하 씨는 아내가 없는 빈방에서 비로소 혼자라는 의식과 함께 외로움과 고독에 몸부림을 쳤다. 그럴 때마다 아내의 무덤 앞에 가 엎드렸고, 고흔아의 이름을 부르며 통곡했다. 하지만 그녀는 대답도, 모습도 보여주지 않았다.

그야말로 '인간귀불귀'(인간은 한 번 돌아가면 돌아오지 않는다)였다.

한 3년을 그렇게 보냈다. 지용하 씨는 하루하루 인생의 허망함을 되씹고 또 씹으며 나날을 보냈다. 그러다 보니 마치 제초제 먹은 망초대 만큼이나 건강마저 시들어 갔다.

오늘도 아파트 창에 기대앉아 한동안 바깥을 내다보다가 마을 공원에 흐드러지게 핀 벚꽃을 발견하고 공원으로 나갔다.

롱벤치에 앉았다. 노인 몇이 좀 떨어진 곳에서 소주를 마시고 있었다.

공원을 뒤덮은 만개한 벚나무에서 꽃잎이 낙화 되어 봄바람에 흩날리고 있다.

지용하 씨는 자기도 모르게 한숨을 푹 쉬고는 중얼거린다.

'화무십일홍'이요, '달도 차면 기운다.' 그뿐인가, '권불십년'이요, '인생무상'이다.

인생 백 년도 찰나인데, 그것도 못 살고 간 아내를 생각하노라니 인생 무상함이 더욱 뼈저리게 느껴진다.

지용하 씨는 연신 떨어져 날리는 꽃잎을 바라보며 한숨을 짓고 있을 때 핸드폰이 울렸다.

폰을 열었다. 폰에 뜬 전화번호만으로는 누군지 알 수가 없었다.

"여보세요! 누구신지요?"

"지 선배님, 저 민태식입니다. 안녕하세요?"

"아니, 민박사. 참 오랜만일세."

"네, 그러네요. 지금도 혼자신가요?"

"혼자 아니고……."

"그런 것 같아 꼭 한 번 만나 뵙고 싶어요."

"그러지."

민태식은 지용하 씨가 외교관 시절 행정요원으로 외국에서나 본부에서도 늘 함께 일해 왔던 후배였다.

그도 벌써 정년퇴임을 했다는 소식을 들은 바 있었다.

민태식과 만나기로 한 사흘 후였던가? 명동에 있는 요릿집 '아서장'으로 나갔다.

요릿집 아서장에는 민태식이 먼저와 기다렸다. 50대 중반쯤 된 중년의 여인과 함께 있었다.

지용하 씨가 자리를 함께하자 민태식이 옆에 앉은 중년 여인을 소개했다.

"저의 대학 동창이 본부인과 일찍이 사별한 후 바로 이분과 재혼해 살았습니다. '사계절'이라는 의류 도매상을 양재동에서 크게 했는데 그 친구마저 요도암으로 세상을 뜨게 되었어요. 그런 일로 인해 이분이 불행하게도 미망인이 된 나애란 씨입니다. 내 친구와 사별하는 지도 벌써 일 년이 넘었지요?"

민태식이 나애란이란 여자의 얼굴을 바라보며 물었다.

"그런가 보네요, 참 세월도 빠르네요."

나애란은 두 사람을 번갈아 보며 대답했다.

"지 선배님에 관한 소개는 이미 나애란 씨께 말씀드렸으니 생략하고 두 분 서로 만나 남은 인생을 행복하게 사시도록 해 보세요. 비록 십 년이란 연세 차이는 있지만 생각 나름이 아니겠습니까."

그렇게 말한 민태식도 두 사람의 표정을 살피느라 상대방을 번갈아 보며 말했다.

"흔히들 나이는 숫자에 불과하다고 하지 않습니까?

참 건강해 보이시네요."

나애란이 말했다. 그녀의 말대로 지용하 씨는 나이에 비해 건강했다.

"그렇게 생각해 주시니 저로서는 감사하네요."

그렇게 말해 놓고 지용하 씨는 나애란의 외모를 유심히 훑어보았다.

대충 보아 보통 키에 별로 돋보일 것 없는 외모이나 균형 잡힌 몸매에 곱상스런 첫인상은 누구에게나 호감이 가는 중년의 여성으로 직감되었다. 그녀도 건강해 보였다.

이 두 사람의 첫 대화에서 민태식은 두 사람의 관계가 원만해지리란 짐작으로 내심 안도의 숨으로 가라앉혔다.

'성공적이다.'

이렇게 해서 지용하 씨와 나애란은 한 달 후 재혼의 수속을 밟고 부부가 된 것이었다.

두 사람은 재혼함에 있어서 어떤 조건도 없었다. 흔히 남자 측에서 나이가 많고 재산이 넉넉하면 여자에게 아파트 한 채를 주거나 현금으로 2, 3억 원을 주는 조건이었지만 지용하 씨와 애란 사이에는 아예 그런 조건이 없었다.

"그저 노년에 서로 의지하며 간혹 해외 건, 국내 건 여행이라도 함께 다니고 조석반 정성껏 지어드리면서 건강 보살펴 드리는 것으로 만족하겠습니다. 선생님 생각은 어떠세요?"

"저도 그랬으면 좋겠습니다. 그 대신 우리 두 사람의 경제적 부담은 저가 책임지기로 하죠. 연금만으로도 충분할 테니까요."

"그 점에 대해서도 염려 마세요. 제가 쓸 몫은 갖고 있으니까요. 화장품 가게가 하나 있는데 월세를 받고 있어 생활비 걱정은 안 해도 되니까요."

이렇게 해서 두 사람은 새로운 인생을 출발했다, 그야말로 인생 2모작이 시작된 것이었다.

4. 강변에 타는 놀

    2천 년대로 접어들면서 한국 사회에는 고령화 시대가 왔다. 6, 70대는 100세 시대의 도래로 3분의 2 인생을 살아왔으니 아직도 3, 40년의 살날이 남아 있다.
    두 사람은 좋았던 것, 나빴던 것 지난 것의 모두를 흘러간 세월 속에 다 묻어버리고 오직 앞으로 행복한 삶만을 생각하자고 다짐했다.
    두 사람만의 생활은 신접살림하듯 나날이 즐겁고 행복했다.
    봄이 가고 초여름이 녹색 바람을 몰고 올 무렵 나애란이 말한 대로 여행을 시작했다.

나애란이 모는 승용차에 오른 두 사람의 여행은 한반도의 동서남북을 누볐다. 설악산도 가보고, 울릉도며 독도도 다녀왔다. 울산 앞바다의 고래도 보고 남해 바다의 해금강과 순천 목포 군산을 거쳐 크고 작은 섬에 들러 서투른 낚시도 해 보았다. 북한이 빤히 건너다보이는 대성마을로 태풍전망대로 두루 돌아다녔다. 그러는 동안 가을이 오기가 무섭게 낙엽이 질 무렵 지용하 씨는 나애란과 함께 막내아들이 사는 캐나다로 외국 나들이 여행을 떠났다. 막내 내외가 손자 둘 등 4식구가 이민 가서 산 지도 20년이 넘었다. 토론토에서 용밀리로 거기서 다시 리치먼드로 이사를 가서 지금은 자리를 잡고 잘살고 있었다. 지용하 씨는 나애란과 함께 막내 집으로 갔다. 막내 내외는 재혼해 처음 온 계모를 반겼고 캐나다의 가 볼 만한 유명 관광지를 선정해 아버지가 계모와 함께 즐거운 여행이 되도록 세밀하게 계획을 세워 주선도 해주었다.

지용하 씨는 애란과 더불어 온타리오주를 벗어나 매니토바, 사스캐처원, 앨버타주의 밴프와 캘거리 등의 국립공원을 구경하면서 로키산맥을 넘어 태평양 연안에 있는 밴쿠버섬까지 갔다 오는 데는 2주가 넘게 걸렸다. 그러고도 다시 대서양 연안 쪽으로 여행을 떠났다. 나이아가라 폭포를 구경하고 오대호를 수박 겉핥듯 돌아본 후 수도 오타와에서 일박을 했다.

다음 날은 올림픽 경기가 열렸던 몬트리올을 거쳐 퀘벡에서 이틀간을 머물렀다. 프랑스인이 주로 사는 퀘벡은 건축양식도, 생활 풍습도, 음식도 특유했지만 지용하 씨에겐 전처와 함께 걸었던 세인트로렌스 강변의 추억을 잊을 수가 없었다. 해 질 녘의 세인트로렌스 강변의 저녁놀은 그때나 지금이나 변함이 없이 아름다웠다.

그러나 지용하 씨에겐 가슴 저미는 아픔마저 속으로 삼키며 나애란과 함께 묵묵히 걸었다.

"강변에 타는 놀이 너무 아름답네요!"

나애란이 짙은 놀을 보고 그저 직감적으로 말했을 뿐이었다.

"그렇군요. 하루를 마감하는 '유종의 미'라 할 수 있지요. 우리의 인생도 저렇게 유종의 미를 거둘 수 있어야 할 텐데…"

나애란은 지용하 씨의 말귀를 알아듣지 못했다.

지용하 씨의 옛 추억을 알 턱이 없었다. 그런 정서적 감성을 나애란은 처음부터 갖지 못했기 때문이다. 나애란의 살아온 삶을 되짚어 보면 그 이유를 알 수 있다.

5. 실패 감던 순이가

　　나애란(그때의 심순이)의 이야기는 일제 말까지 거슬러 올라간다.

　　일제 말 식민지하에서 한국의 예천 땅에서 살며 생계가 곤란했던 순이의 부모는 야반도주로 압록강을 건너 단둥을 지나 랴오닝성의 선양에 도착했고, 거기서 다시 먼 친척이 산다는 안산으로 가 자리를 잡았다. 해방이 되었어도 귀국하지 않고 조선족으로 남아 있었다.

　　당시 중국에서는 공산당의 정치하에서도 농업에 종사하며 생계를 꾸려갔다. 그러다가 70년대 중반 마오쩌둥의 문화혁명 기에 들어서자 학교 교육이 도외시 되고 마오쩌둥의 극좌적 세력에 의해 매일 노동판으로 학생들을 몰아붙이는 바람에 순이는 빈껍데기 졸업장만 받은 것이었다. 그랬기에 나애란(그때의 심순이)은 지용하 씨가 느끼는 그런 감성을 지니지 못했다. 학력이래야 중졸이었지만 재학 중 단 하루도 제대로 된 수업을 받지 못했기 때문이다. 안산에서 태어난 순이는 가난에 쪼들리며 살던 어머니가 물레 돌려 뽑아 감은 실꾸리를 양발 사이에 끼워서 실패에 감아 어머니를 돕던 착한 딸이었다. 어머니를 도우느라 그 어린 것이 실패를 감는 모습을 보다 말고 무명실을 뽑기 위해 돌리던 물레를 멈추고 순이를 꼭 안아주던 어머니.

세 자매 중 막내였던 순이가 제일 부지런하고 착했기 때문이다.

그의 애처로움에 어머니 장(순악) 씨의 눈에선 이슬이 맺히곤 했었다.

어머니는 순이를 안은 채 등을 토닥거리며 말했다.

"착해라. 우리 순이. 얼른 커서 좋은 신랑 만나 시집가 잘 살아야지."

순이도 어머니의 가슴에서 따뜻한 사랑을 느꼈다. 행

복했다. 비록 강냉이죽을 먹고 무명베와 안동포를 짜서 생계유지할지언정 딸 세 자매를 기르며 사는 것이 더없이 행복했다. 순이 아버지 심학초 씨는 한학자여서 동사의 방 하나를 얻어 접장이 되어 글 모르는 조선족 아이들을 가르쳐서 매달 좁쌀과 옥수수를 말로 받아 생계에 보탬을 주었다.

그런 환경에서 자란 순이가 열여덟 살에 시집을 갔다. 공산당원이자 군의관인 젊은 청년 신종대와 결혼을 한 것이다. 안산에서도 배필을 구하려면 얼마든지 있었다. 안산서 한참 떨어진 선양에 사는 총각과 결혼을 한 것은 단지 직업을 갖고 재력 있는 집안을 골랐기 때문이다. 그런 부모의 속셈과는 달리 초등학교 동창이면서 중학교 때부터 연애를 했던 이웃마을 하이칭에 사는 강신철을 두고 부모의 뜻대로 시집을 갔다. 그것이 훗날 심순이가 나애란이로, 이름도 성도 다르게 살게 된, 말하자면 인생의 첫 단추를 잘못 꿴 첫 출발이 되었던 것이다.

심순이는 시집을 갔어도, 그것도 아들 둘을 낳고서도 첫사랑의 강신철을 못 잊어 친정에 온다는 핑계로 안산에 자주 왔다. 그래서 강신철을 만나곤 했다. 그도 모자라 강신철을 선양으로 불러내 여관방을 전전하며 남모르게 강신철과 사랑을 속삭였다. 그러나 비밀은 오래가지 못하는 법이다.

'발 없는 말이 천 리를 간다'라는 속담대로 강신철과 심순이의 사랑 행각은 신종대와 파혼으로 끝이 났고, 자식 둘은 서로 한 명씩 나누어 기르기로 합의 이혼하고 각자 돌아섰다. 그렇다고 강신철과 만나 사랑 타령이나 하며 살 수 있는 형편도 못 되었다. 거기다 나누어 맡아 기르기로 한 자식도 돌봐 줄 형편도 의향도 처음부터 갖지 않았다. 낳기만 한 자식이지 애정도, 사랑도, 어미라는 도리도 저버리기로 작정했다.

순이는 선양에서도, 안산에서도 살 수 없었다. 시가도, 친정의 부모도 그녀를 용납지 않았고, 동네 사람들도 그녀를 화냥년이라고 대놓고 욕하거나 뒤통수에 대고 주먹 총질을 해댔다.

그러나 순이는 지금의 처지에서 그 어떤 상황의 장애물도 관심 없이, 철저히 외면하며 살기로 작정하고 안산과 선양을 떠났다. 옷 한 벌만 걸친 맨몸이었다. 그

맨몸으로 세상과 부딪히며 살아가기로 작정하고 거리에 나섰다.

될 수 있는 대로 안산이나 선양을 벗어나고 싶었다.

낯익은 사람을 피하기 위해 저녁 으스름에야 선양역으로 나갔다. 역에는 내리고 타는 손님으로 붐볐다. 장춘으로 시집가 잘 산다는 차홍실을 찾아갈 양으로 장춘행 기차표를 샀다. 때마침 도착한 기차에 올라 자리를 잡았지만, 만감이 교차하면서 머리통이 욱신거렸다. 시가와 친정을 오가며 보낸 지난날들이 주마등처럼 머리를 스쳐 가면서 어지럽혔다. 그러면서도 부모도, 남편도 심지어 어린 자식들 둘까지 다 잊는다고 해도 강신철만은 자꾸자꾸 머릿속에서 맴을 돌았다.

철없던 첫사랑의 로맨스는 '연분홍 치맛자락 날리며 꽃피면 같이 웃고 꽃이 지면 따라 울던 알뜰한 그 사랑의 맹세'가 뭉클뭉클 가슴 휘저어 오는 때도 없잖아 있다. 그런 생각이 들면 순이도 남모르는 눈물을 흘렸다. 하지만 이제는 막상 집을 나서고 보니 친구인 차홍실 밖에 생각나지 않았다.

랴오닝성의 선양에서 지린성의 창춘시까지는 꽤나

지루한 시간이 걸렸다. 밤의 차창 밖의 풍경은 어둠만으로 칠갑이 돼 있어 아무것도 보이지 않았다. 시댁이 있는 선양에선 〈안산댁〉이라 불리던 순이는 안산도, 선양도, 새댁도 그녀의 머릿속에서 쫓아내려 애썼다. 장춘행 북행 열차는 간이역을 지날 때마다 꽥꽥 기적을 울렸다. 그럴 때마다 졸다가 깨고 졸면서 어느덧 동트는 새벽 무렵에야 장춘 역에 도착했다. 홍실이 사는 집은 찾기가 쉬웠다.

순이가 홍실을 찾아갔을 때 결혼 후 처음 만난 홍실은 무척 반겼다. 편지 왕래로 사정이야 대충 알고 있었지만, 만나기는 어언 십 년이 훌쩍 지난 세월이었다.

홍실의 남편은 옷가게를 하고 홍실은 그 옆 가게에서 미장원을 운영하고 있었다. 아들딸 남매는 아직 어려 늙은 어머니가 돌보며 지낸다고 했다.

"온 것은 반갑기 짝이 없다만 뜬금없이 불쑥 나타나니 어쩐 일인지 궁금하다, 야."

"그 얘긴 차차 하마. 헌데 당분간 너희 집에서 기식해도 되겠니?"

"물론, 마침 거실 안쪽에 빈방 하나 있으니 그건 걱

정하지 말고. 얼마간 머물지 모르겠으나 있는 동안 내 미장원 일 좀 도와주면 금상첨화지.”

“그것참 잘 됐다. 미용 기술도 배우고.”

“미용사라도 돼 보겠다는 거야?”

“그렇게만 되면 오죽이나 좋겠어. 하지만 그런 건 아니고, 그저 당분간 배우면서 일을 도우면 좋지 않겠어.”

“아무러면 어때. 같이 있어 보자.”

홍실이와 순이는 그날부터 같이 생활하게 되었다.

홍실이는 몰려드는 단골손님들로 잠시도 자리를 뜰 수가 없이 바빴다. 그런 홍실이 곁에서 순이는 잔일로 청소며 정리 정돈 외 물품구입 같은 심부름을 하는 틈틈이 미용법을 익혀 갔다. 그뿐만 아니라 어릴 때부터 부지런하기로 소문난 순이는 때가 되면 얼른 부엌으로 달려가 삼시 세끼 식사 준비를 했고, 홍실이의 아이 남매를 보살피며 나이 많은 홍실이 어머니를 정성껏 모셨다.

그러다 보니 어느 틈에 6개월이 지났고, 그러다 보니 순이도 한 가족이 되었다. 아이들은 순이를 이모라 불렀고, 순이는 홍실이의 어머니를 그냥 어머니라 부를 정도였다.

그러던 어느 날 그날따라 비가 주룩주룩 내렸다. 그런 날이면 미장원에 오는 손님도 발길을 멈춘다. 점심을 먹고 미용실에서 두 사람만이 한가하게 앉아있을 때 순이가 말했다.

"그동안 신세 많이 졌다."

"갑자기 무슨 뜬금없는 소리야?"

"나도 이제 마음이 안정되고 했으니 마냥 이러고 있을 게 아니라 혼자 살 길을 찾아봐야겠어."

차홍실은 심순이의 말을 듣고 한참 동안 침묵하다가 입을 열었다.

"그래, 어떻게 할 작정인데…?"

"우선 지린(길림)으로 가서 형편 보아 옌지(연길) 방면으로 가볼까 해. 옌지에는 조선족이 많이 살고 있다는 소문을 들었어. 당분간은 너에게서 배운 파마나 해주는 돌팔이 미용사 행세를 하면서 푼돈도 벌고."

"어딜 가 뭣을 하던 잘 살아야 한다. 편지 자주 해서 소식 전해 주는 것 잊지 말고."

다음 날 순이는 미리 준비해 둔 파마용 미용 도구를

보따리에 챙겨서 넣고 길을 나섰다. 홍실이도 버스정류장까지 배웅 나와서는 조그마한 보자기를 순이에게 안겨 주었다.

"이게 뭐니?"

"곧 가을이 오고 겨울이 닥치면 많이 추워져. 그래서 추동복 한 벌 하고 내의도 넣었어. 그리고 여섯 달간 도와준 노임이다. 자리 잡힐 때까지 써라."

순이는 홍실이 안겨 주는 뜻밖의 선물을 받고 홍실을 와락 안았다.

"고마워."

순이의 볼에는 두 줄기 눈물이 주르르 흘러내렸다.

"잘 가! 그리고 편지하는 것 잊지 말고."

홍실이는 순이의 등을 밀었다. 순이는 버스에 올랐고 이어 버스는 출발했다.

버스에 오른 순이는 자리에 앉아 차창 밖으로 홍실이를 바라보았다. 홍실이는 연신 손을 흔들었다. 순이도 차창 밖으로 손을 내밀어 몇 번 흔들어 주고 유리창을 닫았다.

6. 우정

"댁은 어디까지 가오?"

옆에 앉은 순이 보다 나이가 훨씬 들어 보이는 중년의 여자가 말을 걸었다.

"지린(길림)에 들렀다가 형편 보아 옌지(연길)로 갈 참이에요."

"나는 지린에서 한 정거장 더 가서 지오허에 살아요."

그 말에 순이는 내심으로 그녀를 따라가서 일을 시작해 보는 것이 좋겠다 싶어 자기소개를 했다.

"저는 미용사가 직업인데 가게 낼 형편이 못 되어

각 처를 돌며 가정방문을 해서 주로 고대 머리나 파마 머리를 해주러 다녀요, 저 머리 맵시는 어떤가요?"

"자기 머리를 손수 했나요?"

"스님이 제 머리 못 깎는다는 속담은 있지만 저는 제 머리를 혼자 합니다."

"참으로 잘하셨는데요. 예쁘게요. 색시 얼굴 만큼이나요."

'고마워요. 그럼 이번에는 아주머니가 사는 동네에 들러 볼까요?"

"그러세요. 그 정도의 솜씨라면 우리 동네에서 머리 할 사람 많을 것 같아요. 우선 우리 집안 여자들도 몇 있고요."

이런저런 이야기를 주고받는 동안 버스는 지린에 잠시 정차했다가 비포장도로의 먼지를 풀풀 날리며 달리더니 두 사람을 지오허에 내려주고 떠났다.

이래서 순이는 중년의 아주머니 집에 머물며 아주머니는 물론 그의 집안사람들 몇몇을 무료로 파마나 고대를 해주었다. 그런 선심을 받은 보답으로 머리 잘하는 미용사라는 소문을 퍼뜨려 매일 5, 6명씩 와서 머리를 하고 갔다. 이들은 근처에 머리방(미용실)이 없어 평소에 지린이나 장춘까지 가야 했고 비용도 만만치 않았는데 동네 안에서 비용도 절반, 스타일도 도시의 어느 미장원보다 낫다는 평이었다. 그렇게 달포를 보내다 보니 올 만한 손님은 다 온 모양인지 오는 손님이 뜸했다. 순이는 그 집을 나와 황니허, 둔화, 안투 등지에서도 지오허에서와 같은 방법으로 돈을 벌었다. 어느 사이 계절은 바뀌어 가을이 저물면서 소매 끝으로 찬 기운이 스며들었다.

차홍실이 준 동복과 내의 생각이 나서 갈아입었다. 그리고는 차홍실에게 편지를 써서 보냈다. 따뜻한 겨울옷을 입으니 홍실이 생각 절로 난다고 썼다.

7. 총각 그리고 아줌마

순이는 조선족이 많이 산다는 옌지(연길)로 갔다. 옌지에는 미용실이 많았다. 눈만 돌리면 보이는 게 한국의 교회더란 들은 말 대로 옌지에는 미용실 천지였다.

순이는 아예 파마나 고대로 돈 벌 생각은 버렸다.

한국에서 개최한 88올림픽을 전후해서 한·중 간의 국교 정상화는 한국인의 중국 진출이 봇물 터지듯 했다. 옌지의 시내에는 한국인이 경영하는 음식점, 옷가게, 화장품점 등만으로도 그것을 증명했다.

순이는 어느 대형 음식점 앞에 나붙은 종업원 모집 광고를 보고 응모했더니 채용이 되었다. 월급은 중국

내의 어떤 곳 못지않게 많았다.

첫 월급을 타고 두 달째로 접어든 어느 날이었다. 종업원들은 대부분 옌지에 집이 있어 출퇴근을 했다. 그러나 순이는 외지에서 왔기 때문에 음식점 한켠에 있는 방에서 침식을 하면서 식당 일을 하고 있었다. 그리고 또 한 사람은 주방장의 일을 도와주는 스무 남 살 돼 보이는 총각이 다른 방에서 침식을 하며 주방 일을 했다.

그 총각은 평소에도 하루 일과가 끝난 뒤이면 간혹 혼자 있기 심심하다며 순이 방에 잠시 들려 놀다 가곤 했다.

그런데 그날따라 늦가을 늦은 저녁에 부슬비가 추적추적 내리기 시작하더니 천둥·번개까지 쳤다. 순이는 훈훈한 방 안에서도 한기와 함께 어쩐지 쓸쓸해져 천둥·번개로 밝았다 어두워지는 창밖을 멍하니 바라보고 있었다.

그때 문을 똑똑 두들겼다. 안으로 잠근 문 앞에서 "누구요!" 했을 때, "저예요, 저, 주방 일꾼요."

순이는 반가워 얼른 문을 열어 주었다.

"잘 왔다. 무슨 때아닌 비에다 천둥·번개까지 치다니."

두 사람은 크고 작은 번개와 천둥소리를 들으며 이야기를 주고받았다.

총각이 말했다.

그이 가족은 청진에서 살았는데 먹고 살기가 힘들 정도로 집이 너무 가난해 무산으로 이사를 했더란다. 무산서 일 년 만에 이쪽(중국)으로 탈출하기 위해 두만강을 건너다가 부모님과 동생이 한꺼번에 북한 경비군이 쏘는 총에 맞아 죽고 용케 자기만이 천운으로 살아서 탈출해 이 집에서 지금껏 지낸다고 했다.

그러면서 총각이 물었다.

"아줌마는 고향이 어딘가요. 옌지는 아니고."

"맞아. 내 고향은 랴오닝성에 있는 안산이야. 그냥 직장을 구해 여기에 온 거야."

그렇게 말하는 순간이었다.

불꽃 같은 번개에 우뢰 소리가 천지를 흔들자 천정에 달린 30촉짜리 전구가 흔들리더니 퍽! 하는 소리와 함께 필라멘트가 끊기며 불이 꺼졌다.

방 안은 깜깜했다.

순이는 너무 놀라 앞에 앉은 총각을 얼결에 꽉 껴안았다.

총각도 아줌마를 동시에 껴안았다. 잠시 방 안은 조용했고 어둠만이 꽉 찼다.

"우당 쾅쾅쾅"

두 번째로 천둥·번개가 귀청을 뚫을 듯 요란하더니 조용해졌고 이어 장대 같은 빗줄기로 퍼붓는 비 쏟아지는 소리만이 들렸다.

총각과 순이는 둘이 한 몸 된 채로 숨소리마저 죽이며 서로 껴안고 있었다. 순이는 총각을 그렇게 안고 있는 동안 동창생 강신철이 떠오르는가 하면 파혼한 신종대도 머리를 스쳤다. 순이는 갑자기 욕정이 끓어올랐다.

그래서 그녀의 입술을 총각의 입에 대고 입술을 살살 핥다가 혀끝을 총각의 입속으로 밀어 넣었다. 총각은 아줌마의 혀를 빨면서 안았던 양팔을 몸부림치며 조였다.

그러자 순이는 한 손을 총각의 바지 속으로 천천히 밀어 넣어 그의 그것을 만졌다. 총각의 그것은 벌써 꽃

꽂이 서 있었다. 순이의 손이 총각의 그것에 닿는 순간 총각은 움쩍 놀라면서도 아줌마의 빨던 혀를 깨물 듯이 세차게 빨며 허리를 으스러질 만큼 조여 안았다.

그러자 순이는 입맞춤을 풀고 자기의 가슴을 열어주면서 한쪽은 총각의 손을 갖다 댔다.

총각은 아줌마의 유방을 애무하노라니 어릴 때 엄마의 유방을 빨고 만지던 생각이 문득 떠올랐다. 그때 빨던 엄마의 유방과 지금 만지는 아줌마의 유방은 전혀 달랐다. 어머니의 유방은 배를 채우기 위한 것이었지만, 지금 아줌마의 유방 애무는 이 세상의 어떤 것보다 희열과 쾌감으로 전신을 휘감아왔다. 총각이 그러고 있는 동안 순이는 총각의 허리띠를 풀고 바지를 발끝까지 밀어 내렸다.

"총각, 내 것도 좀 내려야지."

"… … ?"

총각은 아무 말 없이 잠시 머뭇거리다가 아줌마의 치마 밑으로 손을 넣었다. 그녀의 내의를 밀어 내렸다. 무명천 내의에, 얇은 슈미즈, 마지막 팬티까지도 그녀의 발끝까지 밀어 내렸다.

"총각도 나의 그 깊숙한 곳에…"

총각은 그녀의 깊은 곳으로 손끝을 갖다 댔다. 손에 닿는 촉감은 까칠하면서도 보송했고, 물기가 자르르 번지는 곳에 손가락 끝이 닿자 감전이 된 듯 전신이 부르르 떨렸다.

생전 처음으로 여자의 그곳을 만져 보는 성감의 정도는 현실이 아닌 꿈이었다. 잠자다가 몽정으로 사정이 되려 할 때의 순간과 같았다.

"아줌마! ⋯⋯ ?"

"응, 괜찮아, 너 맘 내키는 대로 해봐."

총각은 점점 몽롱해지는 정신을 가다듬으려 애썼지만 깊은 나락으로 빨려들고 있었다.

순이 아줌마는 총각을 와락 끌어안으며 말했다.

"마음대로… …"

총각은 아줌마의 말을 듣고도 가만히 있었다.

"왜 가만히 있어? 마음대로 해 보라니까."

"아줌마, 아줌마……!"

총각은 아줌마 소리만 할 뿐 몸을 비틀고 전신을 떨었다.

"총각, 이거 하는 것 처음이야?"

"네에……."

대답한 목소리는 모깃소리만큼의 기어들어 가는 작은 소리였다.

"그렇구나. 숫총각이네."

총각은 아줌마께 몸을 맡긴 대로 숨길만이 몰아갔다.

"아. 아줌마, 그것이…"

"그래, 시원하게! 많이많이."

그 바람에 순이도 성감의 정점에서 총각처럼 쾌락을 함께 느꼈다. 순이는 총각의 허리를 으스러지게 안고 그곳을 거세게 밀착시키자 총각도 몸부림을 치며 아줌마에게 말했다.

"아줌마도요?"

"그래, 아줌마도 너와 똑같아."

순이는 입을 가져가 총각의 입술을 빨았다. 총각의 코에서도, 순이의 코에서도 숨을 쉴 때마다 단내와 열기가 뿜어졌다.

둘은 그런 몸부림으로 꽤나 오랜 시간 침묵으로 보냈다.

그러고는 한참 만에 총각의 그것이 시들었을 때야 순이가 먼저 일어나 화장대에 있는 촛대에 불을 켰다.

방 안은 환해졌다.

아직도 바깥에선 빗소리가 주룩주룩 들려왔다.

"아줌마, 불 좀 꺼줘요."

"너무 부끄러워하지 마. 누구든 처음 경험은 다 그래. 아줌마도 그랬어."

중학교 동창인 강신철과 물레방앗간에서 첫 관계를 하고는 며칠간 부끄러워 낮에는 못 만나고 밤에만 만났던 기억이 생생했다.

순이와 총각은 잠시 후 일어나 함께 샤워를 끝냈다.

총각은 갑자기 일어나 옷을 주섬주섬 껴입었다.

"아줌마, 저는 갈래요."

"그래 가 자야지. 밤이 너무 오래되었다. 벌써 한 시야."

순이와 총각은 똑같이 벽시계를 바라보았다.

총각은 제방으로 가고 순이는 자리에 눕자마자 깊은 잠에 빠졌다.

다음 날도 두 사람은 같은 식당에서 일을 하였지만

평소와는 달리 서로가 모르는 척 말 한마디도 주고받지 않았다. 두 사람의 관계를 종업원들이 눈치채지 않도록 하기 위해서였다.

그러다가 사흘이 지난날 밤늦게 총각이 찾아왔다.

"어서 와."

총각은 방에 들어서자마자 순이를 와락 껴안으며 말했다.

"아줌마가 보고 싶었지만, 사흘 동안 참느라 병이 났어요."

"그래, 무슨 병?, 어디가 그리 아팠어?"

"상사병에 가슴이 무척 아팠어요. 이렇게 아줌마를 안으니까 금방 병이 싹 낫네요."

순이는 빙그레 웃으면서 말했다.

"다행이구나. 밤 열 시가 넘으면 모두 퇴근하고 우리 둘만 남으니 염려 말고 보고 싶으면 언제나 와도 돼."

두 사람은 금시 한 몸이 되어 방바닥에서 뒹굴었다. 역시 그날도 한 시가 넘은 새벽녘에야 총각은 제 방으로 돌아갔다.

이런 사이로 날이 갈수록 두 사람의 관계는 깊어져

이제는 순이 보다 총각이 더욱더 적극적이었다.

둘은 날마다 하는 식당 일도 힘든 줄을 몰랐다. 순이도 총각도 과거를 잊어버렸다. 총각은 전보다 배나 일을 열심히 했고 일하면서 콧노래를 부르기도 했다. 그런 두 사람의 관계를 식당의 어느 누구도 눈치챈 사람이라곤 없었다. 두 사람의 철두철미한 조심성 때문이었다. 그럴 뿐만 아니라 종업원마다 각자의 삶에 바빠 남의 일엔 관심이 없었다.

그랬기에 어떻게 지나갔는지 모르게 그 춥고 긴 겨울이 소리 없이 지나갔다.

순이는 잠시 손님이 뜸한 틈을 타 식탁에서 턱을 고이고 창밖을 내다보고 있었다.

식당 앞 연못가의 능수버들 가지가 연한 녹색 이파리를 매달고 봄바람에 하늘거리고 있었다.

'아니. 벌써? 봄이 왔구나!'

순이는 한 계절이 하루처럼 지나갔구나 하는 생각이 들었다.

순이는 총각과 둘만의 밀회를 하며 쉬는 날이면 백화점에서 내의며 목도리, 장갑 등을 사서 총각의 목에 걸쳐 주기도 하고, 입혀주고, 끼워주기도 했던 그런 추운 겨울을 잊고 지낸 셈이다.

어느 날 순이가 총각에게 말했다.

"총각, 우리 둘이서 이렇게 지내고만 있을 게 아니라 총각도 짝을 구해 가정을 이루고 살도록 해야 하지 않겠어."

"나는 아줌마가 좋아요. 아줌마만 있으면 돼요."

"아니다. 새 처녀를 만나 결혼을 해서 가정을 이루고 살아야지."

"싫어요. 평생 아줌마와 함께 살면 돼요."

"그건 안 돼. 너와 난 나이 차이도 큰데다가 너는 총각이고 나는 헌 여자야."

"헌 여자! 사람도 헌 사람 새 사람이 따로 있나요?"

"그래, 나는 너보다 훨씬 나이가 많으니까."

"아줌마, 그러지 말아요, 내가 하늘처럼 떠받들어 모실게요."

그렇게 주고받던 말이 무심결에 떠올라 혼자 싱긋이 웃고 있을 때 카운터의 아주머니가 말했다.

"손님 오셨는데 주문받아요!"

순이는 손님 앞으로 다가갔다.

"어서 오세요."

손님은 순이를 힐금 보다가 다시 찬찬히 쳐다보면서 오버코트를 벗었다. 순이는 평소 하던 대로 그것을 받아 옷걸이에 걸어 두고 손님 앞으로 다가갔다. 손님은 메뉴판을 한 번 훑어본 후 다시 순이를 찬찬히 보면서 말했다.

"돌솥비빔밥이면 좋겠네요."

순이는 메뉴판을 다시 받아 들고 주방 쪽을 바라보며 "돌솥비빔밥 하나요!" 했을 때 총각과 눈이 마주쳤다. 총각이 싱긋이 웃었다. 순이도 눈웃음을 보내고는 다른 아줌마들이 핸드카에 차려놓은 반찬을 밀고 와 손님 앞에 차려놓을 때 손님이 말했다.

"식당 일이 힘들지 않아요?"

"힘들지 않은 일이 있겠어요."

순이는 흔히들 하는 손님의 말장난으로 여겨 귀 흘려듣고 그저 건성으로 대답했다.

"가정집에 도우미로 들어가면 보수도 높고 편하실 텐데…"

"하지만 그런 일, 구하기가 쉬워야지요? 손님이 그런 데 소개해 주실래요?"

그저 지나가는 말로 해 본 말이었다.

손님은 바쁘게 반찬을 내려놓는 순이를 유심히 보기만 할 뿐 더는 말하지 않았다. 순이는 다시 주방 앞으로 가서 준비해 내놓은 돌솥 밥과 숭늉과 비빔 나물 그릇을 핸드카에 얹어 손님 앞에 차려놓으며 "맛있게 드세요." 하고는 다른 손님 앞으로 갔다.

얼마만큼의 시간이 지났을 때 손님의 옆 식탁에서 그릇을 챙기는 순이를 불렀다. 순이가 손님에게로 다가가자 손님이 말했다.

"아까 말했던 가정도우미로 일하실 의사가 있으면 연락해 주세요. 제가 좋은데 소개해 드릴 테니."

그러면서 명함 한 장을 식대와 함께 식탁 위에 얹어놓고는 오버코트를 걸쳐 입고는 나가 버렸다. 순이는 명함을 행주치마의 호주머니에 넣고 식대는 카운터에 갖다 냈다.

그런 후 일주일이 지났다.

내일이 쉬는 날이었다. 하루 일 끝나고 종업원들은

죄다 퇴근했고 총각과 순이만 남았다.

순이는 때 묻은 행주치마를 벗으며 내일은 세탁을 해야겠다는 생각이 들어 총각을 찾았다. 총각은 식당의 방과 홀을 돌아다니며 전깃불을 끄고 있었다.

"총각, 내일은 세탁을 할 테니 내의랑 양말 모두 벗어 세면장 바구니에 담아 둬!"

그렇게 말하며 행주치마 호주머니에 손을 넣자 짚이는 게 한 장의 명함이었다.

'아, 진작 전화라도 한번 해 보았어야 했는데…'

순이는 그 명함을 치마 안 속내의 주머니에 넣고 행주치마를 세면장 바구니에 던졌다.

"네, 고마워요." 하면서 총각은 엄지를 높이 들어 흔들며 좋아했다.

총각이 순이 아줌마를 알기 전에는 온갖 것을 스스로 하지 않으면 안 되었었다. 그런데 하나에서 열 가지를 세세하게 챙겨 주고 보살펴 주는 순이 아줌마를 만나서 이렇게 지내게 된 것이 얼마나 즐겁고 행복한지 몰랐다.

총각은 제 방으로 들어가 내의와 양말을 벗어 세면

장의 바구니에 담아 두고 세수와 양치질을 하고는 순이 아줌마 방으로 달려갔다.

아줌마는 총각을 반갑게 맞으며 말했다.

"겉옷도 벗어 둘 것이지, 옷은 자주 빨아 입어야 해."

곁에 와 앉은 총각 앞에 미리 준비해 놓은 내의와 겉옷 한 벌을 내놓고 총각의 윗도리를 벗겼다. 내의도 없는 알몸이었다. 내의가 단벌뿐이라는 것을 순이는 벌써 알고 있었다.

"내가 이럴 줄 알고 준비했다."

순이는 총각에게 윗도리 내의를 입히고 바지도 벗겨 부드러운 녹색 실크 팬티를 입혔다. 불룩해진 팬티를 순이는 부드럽게 쓰다듬으며 말했다.

"눈도 없는 녀석이 고마움도 모르고 화부터 내내."

순이는 고개를 쳐든 총각의 귀중품을 한 번 더 쓰다듬어 주고는 아랫도리 내의도 새것으로 갈아입혔다.

그 위에 겉옷도 봄철에 입는 살갑고 화사한 색깔이라 입혀 놓고 보니 여느 다른 총각들 못지않은 미남 총각이었다.

총각은 갑자기 홍조 띤 얼굴로 순이 아줌마를 와락 끌어안으며 말했다.

"아줌마, 너무 고마워요. 사랑해요."

"그래, 나도 사랑한다."

순이는 총각과 몇 번 입맞춤을 하고는 서로 손을 풀고 마주 앉았다.

"입술이 지워졌네. 며칠간은 쉬어라. 건강도 생각해야지."

그래서 순이 아줌마의 말대로 총각은 제 방으로 일찍 돌아갔고, 두 사람은 며칠간을 독수공방하기로 했다.

순이는 혼자 방에 누워 생각했다. 명함을 준 정진우란 사장이 친절하고 믿음이 있어 보였다.

'그래, 이곳을 얼른 떠나야지. 월급도 어제까지 다 받았겠다.'

순이는 아침 일찍 일어나 식당 주방에서 전기밥솥에 두 사람의 밥을 안쳤다. 그러고는 세면장으로 가서 총각의 옷을 세탁해 빨랫줄에 널고 있을 때 총각도 일어나 마당에 흩어진 휴지며 쓰레기들을 청소하고 있었다.

순이는 식당으로 들어가 식탁을 닦고 바닥을 쓸었다.

이와 같은 일은 두 사람이 덤으로 하는 일이라 식당의 사장은 간혹 고맙다고 말을 하며 월급 때 다른 종업원과는 달리 얼마의 보너스를 주기도 했다.

두 사람은 모처럼 같이 앉아 순이가 지은 밥으로 식사를 끝내고 설거지를 마쳤을 때 순이가 말했다.

"오늘 나는 어디 좀 다녀올 테니 혼자 푹 쉬어라."

"네, 잘 다녀오세요."

총각은 언제나 순이 아줌마의 말에 토를 다는 일이 없었다.

순이는 시내에 나갔다.

거리에 설치된 공중전화 박스로 가 명함에 있는 전화번호를 눌렀다.

긴 신호음이 두 번째 울렸을 때 "여보세요?" 하는 점잖은 목소리가 들려왔다.

"정진우 사장님이신가요?"

"그렇소만…?"

"저, 옌지식당에 일하는…"

"아, 네. 아주머니. 그동안 잘 생각해 보셨나요?"

"생각해 보나 마나지요. 사장님께서 그저 지나가는

말씀으로 여겼던 게 잘못이었지요."

"그러셨군요. 그럼 직장 일을 모두 정리하시는 대로 전화 주시면 저가 직접 안내해 드리지요."

"그곳이 어디인가요? 같은 옌지이면 곤란해서요."

"그건 염려 마세요. 옌지서 한 참 떨어진 하얼빈이니까요. 제 사업체가 그곳에 있어 옌지에는 거래 관계로 자주 들린답니다. 하얼빈이면 괜찮아요?"

"예, 그런데 채용은 확정적인가요?"

"물론, 그 점은 염려 마세요. 저가 책임을 질 테니까요."

"이틀 후이면 될까요?"

"마침 업무차 여기 와 있는데 업무도 끝났으니 같이 출발하면 되겠네요. 그럼 모레 주청사(옌볜 차오젠주 쓰즈치우) 앞으로 나오세요, 10시에요."

옌지에는 중국 전체 22개 자치주 중 유일하게 동북 3성에 하나뿐인 조선족자치주가 있다.

그런 약속을 한 후 순이는 혼자 시내로 나가 총각에게 줄 여름옷, 러닝셔츠, 남성용 화장품, 수염 깎기 카메솔, 칫솔, 치약, 빨랫비누. 세숫비누에다가 고급 운동

7. 총각 그리고 아줌마 69

화 한 켤레 등 한 보따리 샀다.

아무도 모르게 혼자 떠나는 마당에 총각에게 생필품 몇 가지라도 주고 싶어서였다.

어차피 떠나면서 같이 살 형편이 못된 바에야 총각을 위해서도 하루빨리 떠나는 게 도리라고 생각한 순이다.

순이는 떠나는 날 새벽녘에 정성껏 마련한 선물 보따리를 안고 촌각의 방문 앞에 갔다.

소리 안 나게 문을 열었다.

총각은 모로 누워 깊은 잠에 빠져있었다.

순이는 방으로 들어가 잠자는 총각을 와락 끌어안고 싶었지만, 보따리만 그의 곁에 밀어 넣고 소리 없이 되돌아 나왔다.

가슴이 아팠다. 총각이 자는 방문 쪽을 다시 뒤돌아 봤다. 눈물이 왈칵 쏟아졌다.

세상 물정 모르고 순박한 사랑을 있는 대로 쏟아 주던 총각이 가슴 깊숙이 파고들며 순이는 통곡하고 싶도록 가슴이 절여왔다.

순이는 첫사랑의 강신철이나 신혼의 신종대에게서

느껴 보지 못한 사랑을 총각에게서 새삼 느끼고 깨달았다.

순이는 두 통의 편지를 썼다. 그동안 많은 도움을 준 데 대한 감사와 피치 못할 사정으로 떠나게 되었다는 편지는 주인에게 쓴 것이고, 조금 길게 쓴 편지는 총각에게 쓴 편지였다. 총각은 당분간 나를 잊지 못해 가슴앓이를 할 테지만, 참한 여자 친구 만나 결혼해 살면 아줌마를 곧 잊게 될 테니 부디 행복하게 살기를 바란다는 내용이었다. 그런 내용의 편지를 쓰면서 눈물을 하도 많이 흘려 쓴 편지가 다 젖어 다시 쓰고 찢고 다시 썼다. 주인에게 드리는 편지는 카운터 위에, 총각에게 쓴 편지는 그가 맡겼던 저금통장과 함께 새벽녘에 가만히 갖다 둔 보따리 속에 이미 넣어 두었었다.

그러고 나니 한결 마음은 가벼워졌어도 주청사로 향하는 발걸음은 무겁기만 했다.

순이는 타박타박 걸어서 주청사 앞에 도착했을 때는 겨우 9시여서 정 사장을 만나려면 한 시간을 더 기다려야 했다.

이삿짐이라곤 달랑 여행용 트렁크 하나가 전부였다.

청사 안 로비의 긴 의자에 앉아 기다리기로 했다.

순이는 의자에 앉자마자 졸음이 왔다. 착잡한 마음으로, 착잡한 생각을 하며 밤을 새웠기 때문이다. 순이는 잠시 조는 동안 꿈을 꾸었다.

총각은 길을 나서는 순이 아줌마의 손목을 부여잡고 애걸을 했다.

"아줌마 가지 마오. 나를 두고 가지 마오."

총각은 흐느끼고 울면서 순이 아줌마를 부여잡고 놓아주지를 않았다.

순이는 그런 총각을 무정하게 뿌리치며 걸어갔다. 총각은 점점 멀어지자 순이를 향해 커다란 목소리로 소리쳤다.

"아줌마, 아줌마. 제발 나를 버리고 가지를 마오. 아줌마. 아니, 사랑하는 순이 아줌마!!"

8. 빛과 그림자

"빠앙- 빠앙-"

순이는 얼결에 눈을 떴다. 그리고는 청사 앞 광장을 내다보았다.

승용차에서 정 사장이 내리며 사방을 두리번거렸다.

순이는 정신을 가다듬고 주청사 앞 광장으로 나가며 손을 흔들었다. 정 사장이 순이를 발견하고 어서 오라고 손짓을 했다.

두 사람은 곧 정 사장의 차에 올랐다.

정 사장은 시동을 걸어 놓고 혼잣말로 중얼거렸다.

'가만있자. 어느 쪽으로 간다? 닝안 방면으로 해서

무단장을 지나 하이린, 싱스, 하청에서 하얼빈으로 가는 길은 거리는 짧으나 시간이 오래 걸릴 테고. 그러면 차라리 안투로 나가 지린, 장춘을 거쳐 더후이, 푸위, 쌍청으로 해서 하얼빈을 가는 게 낫겠군.'

정 사장은 길이 좋은 장춘 방면으로 차를 몰았다.

두 사람은 점심때가 훨씬 넘어서야 장춘에 도착했다. 오는 동안 정 사장과 순이는 단 한마디의 말도 주고받지 않았다.

식당에 들러 점심식사를 하면서 정 사장이 비로소 순이를 보며 물었다.

"많이도 피로하신가 봐요?"

"아니, 뭐. 조금 그래요."

"댁은 옌지요?"

"아니에요. 안산이에요,"

"가족은요?"

"저 혼자예요."

정 사장은 더 묻지 않았다. 남의 사생활을 깊이 묻는 게 실례라는 생각이 들어서였다.

그는 자기소개를 간단히 했다.

"저는 한·중 간에 국교가 체결된 후 하얼빈에 의류 봉제 공장을 세워 운영하면서 옷과 이곳의 농산물을 한국으로 수입해가는 소규모 무역업도 겸하고 있습니다. 4, 5년 됐는데 점차 자리가 잡혀가고 있어요."

"네, 그러세요. 한데 지금 저가 가서 일할 댁과는 어떤 사이신가요?"

"네, 그건 거기 가시면 곧 아시게 돼요."

정 사장이 순이가 혼자라는 사실에 대하여 궁금한 것처럼 순이도 도우미로 들어갈 집이 궁금했지만, 더 묻지 않았다.

대신 이곳에서 근 일 년을 보냈던 차홍실이 생각났다.

그러나 차홍실을 지금 만나볼 형편은 아니었다. 새로 직장을 마련하는 대로 편지를 하리라 생각만 하고 어떤 내색도 하지 않았다.

식사가 끝나자 커피 한 잔씩을 마신 두 사람은 곧 일어나 하얼빈행 고속도로로 달렸다.

고속도로로 주행하는 동안 단 한 번 푸위 휴게소에서 쉬고는 하얼빈에 도착했다.

하얼빈 시내에서 약간 벗어난 변두리의 한 아파트 전면의 주차장에 자가용을 주차해 놓고 엘리베이터를 탔다. 15-2 앞에 내리자 정 사장은 열쇠로 문을 열어 놓고 먼저 들어서며 순이를 들어오라고 했다.

순이는 의아한 생각을 하면서도 곧장 따라 들어가는 수밖에 없었다.

아파트 안에는 아무도 없었다.

저녁 해가 서쪽 지평선에 닿을듯하면서 발하는 빛이 유리창을 통과에 들어와 응접실이 환했다.

순이는 시간이 갈수록 궁금했지만 물어보지 않았다.

정 사장은 오렌지 주스를 내와 소파 앞에 마주 앉으며 순이에게 권하고 자기도 한 모금 마셨다.

"여기가 바로 아주머니께서 일할 곳입니다. 제가 사는 집이고요. 다시 말하면 저의 집이 아주머니의 직장이 되는 셈이죠."

"가족은요?"

"저 혼자입니다. 아주머니께서도 혼자인 듯 보이는데 서로 친구처럼 지내지요."

두 사람은 상호 마주 보며 웃었다.

그리고 정 사장은 말을 이었다.

"제 처는 한국에서 중학교에 다니는 아들딸 남매를 돌보느라 이곳에 올 생각을 안 해요. 벌써 삼사 년이 지났네요. 그동안 회사 일과 공장 일을 보며 식당에서 식사를 해결했고, 공휴일에는 매식을 했지요. 잠만 여기서 자고 다녔는데 불편해서 도우미 하실 분을 찾다가 아주머니를 만나게 된 거죠."

"제가 할 일은요?"

"아침과 저녁 식사 준비해 주시고 옷 세탁. 집 안 청소 정도면 돼요. 보수는 규정대로 드리고요. 기거하실 방은 저쪽이라 밝아서 좋을 거고, 저의 방은 이쪽입니다. 화장실과 욕실도 따로 있으니 불편함이 없을 겁니다."

긴 봄날의 하루가 조락하면서 저물어가기 시작했다.

"잘 알겠습니다. 그럼 지금 나가 식품을 구입해 와야 해요."

"그러지요."

두 사람이 같이 나가 대형마트에서 필요한 물품들을 구입해 왔다.

순이는 서둘러 저녁상을 차려 주고는 주방으로 가 앞으로 먹을 여러 가지 반찬을 장만하려는데 정 사장이 말했다.

'오세요. 식사 같이해야죠."

"괜찮아요. 먼저 드시고 나면 나중에 먹을게요."

"그럴 필요 없어요. 뭐든지 편안하게 지내요. 장춘에서도 점심 같이 했잖아요."

그래서 두 사람은 언제나 함께 식사를 하며 흉허물이 없는 이야기도 나누게 되었다.

순이는 다음 날 정 사장이 출근한 후 집 안 청소를 시작했다.

정 사장 혼자서 살다 보니 잠만 자고 나가면 되는 집이라 먼지와 찌든 때가 곳곳에 켜켜이 쌓여 있었다. 식탁도, 주방도. 거실, 방 할 것 없이 구석구석 곳곳에 사람 손 간 흔적이 없었다.

닦고 또 닦았다. 걸레를 빨 때마다 구정물은 황하의 탁류였다. 이틀간을 닦아내고서야 집안이 반들거리고 환한 실내가 되었다.

아무렇게나 벗어 놓은 와이셔츠며, 양말, 내의, 수건

등을 세탁해서 빨래 걸대에 널어 말려 곱게 개어놓았다. 다 시들어 가는 꽤 많은 화분들은 시든 잎을 떼어내고 분갈이를 하고 물을 줘서 햇볕 드는 창가에 나란히 놓았다.

그래 놓고서야 집안을 빙 둘러보니 사람 사는 냄새가 풍기는 듯했다. 그날도 정 사장은 늦게 퇴근해 와서 다음 날 아침 일찍 출근을 했다. 순이의 노고에 대하여 이렇다 말 한마디 없었다.

몇 날을 그렇게 땀 흘리며 집 안 청소와 정리를 해 뒀지만, 저녁 늦게 귀가해서 아침 일찍 출근하는 정 사장의 눈에는 들어오는 것이 없었기 때문이었다.

모처럼 일요일을 맞았다.

남향받이 아파트의 창으로 아침 해가 발그레 디밀었다.

순이가 아침 일찍 일어나 밥을 짓고 반찬을 장만하느라 주방에서 파를 썰며 딱딱딱 소리를 냈다.

"오늘은 무슨 맛있는 요리를 하세요? 구수한 찌개 냄새까지…"

"뭐, 별거 아니에요. 매일 먹는 식단인걸요."

"아, 그런데 말이요. 이 아파트가 우리 집 아닌 것 같소. 언제 이렇게 청소며 정리 정돈을 잘해 놨지요. 화분까지도…!"

순이는 환하게 웃으며 칼질을 하다 말고 '우리 집'이란 말에 정 사장의 얼굴을 빤히 쳐다보며 미소를 지어 주었다.

정 사장도 순이의 얼굴을 마주 보며 웃었다.

"그런 일 말고는 별로 할 일이 없잖아요."

"그래도 그렇지. 수고 많았어요."

불과 일주일 사이, 그것도 아침저녁에만 만나는 정도였지만 만만한 친구나 가족과 같은 사이가 되었다.

정 사장은 날마다 일찍 퇴근해 왔고 함께 저녁 식사가 끝나면 소파에 나란히 앉아 티브이를 보기도 했다. 그러다가 밤이 늦으면 순이는 정 사장의 침실에 들어가 침구를 펴 주었고, 윗옷과 넥타이를 받아 옷걸이에 걸어 두고서야 자기 방으로 갔다.

순이는 낮에도 혼자이고 밤에도 혼자이다. 문득문득 떠오르는 것은 엔지의 총각이다. 그뿐만 아니다. 안산의 부모와 선양에 두고 온 아들 둘이었다. 그러나 그들은 잠시 스쳐 가는 기억일 뿐이었다. 그만큼 순이는 냉정하고 비정했으며 그래서 지나온 과거는 굳이 되새김질하며 살기를 원하지 않았다. 그녀에게는 언제나 현실이 중요했고, 미래를 위한 준비도 하지 않는 여자가 되었다.

의식주가 해결되고 육신이 편하면 그만이었다.

그녀는 무료한 시간이 날 때마다 장춘의 차홍실이에게 편지를 써서 안부를 묻고 자기의 근황도 전했다. 그런데 어느 날 차홍실의 편지에 이런 내용이 적혀 있었다. 순이의 두 아들이 중학교에 다니는데 큰애가 급우끼리 싸움을 벌여 싸우다가 친구를 칼로 찔러 즉사 시키자 체포되어 무기수로 재판을 받아 감옥살이를 한다는 것이었다. 그러니 아들 면회 갈 때 자기와 함께 가는 게 어떠냐는 내용이었다. 아이들의 10대는 이유 없는 반항기다. 더구나 이혼으로 결손가정에서 자라는 소년기는 흔히 발생하는 사고이다.

순이는 그 편지를 못 받은 것으로 넘겨 버렸다. 그녀는 낳기만 했지, 안아주거나 젖꼭지 한 번 물려 준 적이 없는 자식이었다. 그래서 남편에 대한 미련도, 자식

들에 대한 애정도 사랑도 없었다. 태어나서 부모와 함께 자란 고향 안산이나 시집가서 자식 낳고 살던 선양도 순이에게는 지나가는 바람에 불과했다.

그만큼 그녀의 20대는 번뇌로만 점철되었던 형자의 길이었다.

심순이는 오늘도 창가에서 싱그럽게 자라는 화분에 물을 주고 창밖을 내려다보았다.

어느 사이 하나의 계절이 지나가는 봄의 끝자락에 여름이 다가서고 있다. 여름과 봄의 사이에 심순이는 서 있다. 정 사장이 한국에 업무차 나가는지도 일주일이 지났다.

심순이는 너무 한가했다. 혼자 있는 집안은 광활한 사막 같았다.

티브이를 켜놓았지만, 아무것도 눈에 들어오지 않는다.

한가한 시간이 많다 보니 잡다한 생각만 떠오른다. 특히 옌지의 식당에서 열심히 일하던 생각과 함께 총각이 눈에 선하다.

그립고 보고 싶다.

그의 순진한 사랑을 잊을 수가 없다. 총각의 이름이 안상수였지만, 이름 한 번 불러 보지 않았고 그저 총각으로만 불렀다.

총각 역시 아줌마가 심순이라는 것을 알면서도 아줌마로 불렀을 뿐이었다.

'내가 이다지도 못 잊고 있는데, 총각에겐 첫사랑인 나를 얼마나 못 잊어 하겠는가? 편지라도 해 볼까? 아니면 한 번 찾아가 볼까? 아니지. 그럴 수는 없지. 좋은 배필 만나서 알콩달콩 잘 살아야지…'

그렇게 생각하면서도 총각이 그립고 보고 싶다. 심순이가 이러한데 총각인들 오죽하랴. 총각은 나를 찾아 직장도 그만두고 산지사방 돌아다니는지 모르겠다는 생각에 이르자 자신도 모르게 눈물이 절로 났다. 순이는 아무도 없는 집에서 혼자 소리 없이 흐느꼈다.

그러다가 '내가 왜 이러고 있지' 하는 생각이 들자 소파에서 일어나 욕실로 가서 세수를 하고 물걸레로 방과 응접실을 닦았다. 그러고 나서 어제 세탁해서 말려 놓은 정 사장의 양복도 곱게 다리미질을 해서 옷장에 걸었다.

그러고 나니 오늘도 하루해가 지고 어둠이 실내를 찰랑찰랑 차오르기 시작한다.

심순이 혼자 있는 집안은 언제나 그렇듯이 오늘도 적막이 먼저 찾아왔다.

점심을 늦게 먹은 탓으로 저녁 생각이 없었다.

혼자 있으면 때를 거르기 일쑤다. 갑자기 피로가 몰려왔다. 찬장에 정 사장이 간혹 마시다 둔 고량주를 반 잔 정도 마셨다. 소파 옆 기둥에 희미한 룸라이트 하나만 켜놓고 잠옷 바람으로 소파에 누웠다. 알코올 도수 오십 도가 넘는 고량주는 금시 취했다.

심순이는 곧 잠이 들었다. 잠을 자고 있는데 몸이 공중에 뜨는 느낌이 들었다. 몸이 떠서는 어디론가 움직여 갔다. 그러더니 어딘가 놓였다. 비몽사몽간에 눈을 떠 정신을 차리고 보니 정 사장의 침대에서 그의 팔을 베고 누워 있었다. 순이는 깜짝 놀라 일어나려 하자 정 사장, 아니 정진우 씨가 조용히 말했다.

"그대로 자요. 귀가해 보니 소파에 잠들었기에 내 방으로 안아다 뉘었소."

그런 후로 사장 정진우와 심순이는 한 방에서 동거

생활에 들어갔다.

　서른다섯 살 심순이와 마흔 살 정진우와의 동거는 인생 황금기의 중년기였기에 더욱 진한 애정으로 융합했다.

　나이로 봐서나 사회 경험으로 봐서도 걸맞는 부부였다. 특히 잠자리에 있어서는 서로가 오르가슴에 이르도록 하는 데 그 기교가 능숙했다.

　두 사람의 동거는 사업과 함께 나날이 익어 갔다.

　비록 혼인 신고를 한 부부가 아닌 정진우의 현지처에 불과했지만 순이는 상관하지 않았다.

　두 사람의 즐거운 나날은 세월 가는 소리를 듣지 못했다. 어언 순이가 40대의 중반에 정진우가 50대에 들어섰다. 10년의 세월이 번개처럼 지나갔다.

　정진우의 봉제업은 많이도 확장되었다.

　한국에서 들여온 제일모직, 경남모직, 판본방직 등의 포목과 동대문과 남대문 시장에서 구입해 온 각종 원단으로 봉제한 의류제품은 중국 내는 물론 한국과 동남아 일대로 추출했다.

　인건비가 싸니 자연히 제품도 싸서 잘 팔렸다. 넘쳐

나는 중국의 싼 농산물을 한국으로 수출하는 사업도 잘 되고 있었다.

학력은 미미했어도 머리가 좋았던 심순이는 하얼빈의 중심가에서 제일가는 의류 가게를 잘도 운영하고 있었다. 그 가게 옆에다 정진우는 별도로 살림집 한 채를 심순이 명의로 마련해 주었다. 그러나 별거할 필요가 없어 의류제품을 보관하는 별채로만 사용했다.

심순이는 정직하고 성실했다.

물건의 입출고는 물론 하루하루의 매상고를 한 푼 틀리지 않게 기록 정리하여 정진우의 통장으로 입금했다. 정진우가 차려 준 의류 상회는 심순이 손에서 잘도 운영되었다. 심순이는 일하는 재미로, 이 세상의 누구보다도 사랑해 주는 정진우와 함께 넘치는 행복을 누렸다.

심순이는 오늘도 아침 식사를 끝내고 정진우 씨의 출근을 배웅하고 가게로 나왔다.

어느 사이 봄이 시들고 여름이 문턱 가까이 와 있었다.

심순이 집 담장 앞에 심어둔 로즈메리의 향기와 그

녀의 키만 하게 자란 장미 덩굴에서 진홍색 장미꽃이 방글거리며 짙은 향기를 뿜었다. 진홍빛의 장미꽃은 화려했고 아름다웠다. 그러나 그 장미꽃도 열흘을 못 간다는 사실도, 아울러 아름다운 꽃일수록 잡벌레가 달려들어 만신창이가 된다는 사실도 심순이로서는 알 턱이 없었다.

꽃이 그러하듯 인생의 삶에도 빛이 있고 그림자가 있음을 심순이가 어찌 알랴.

아름다운 장미꽃일수록 벌레 먹은 장미는 더욱 추해 보이는 법이다.

심순이라고 행복하게만 살란 법 있었던가!

아침부터 길 건너 동네 공원 회나무에서 까마귀가 난데없이 날아와 청승스럽게 짖었다. 그것도 한두 마리가 아니었다.

"까옥, 까옥, 깍깍!"

심순이는 불길한 생각이 들어 "테테"하고 까마귀를 향해 침을 뱉고는 옷가게로 나갔다.

점원들이 먼저 나와 상점 문을 활짝 열어 놓고 각자 맡아 일을 보는 코너에서 고객을 맞이하고 있었다.

고객들은 대개가 옷을 도매로 떼어가 시골을 다니며 보따리 행상을 하는 부녀자들이었다. 그들은 열흘이면 물건을 다 팔고 다시 구입하러 오곤 하였다.

그런 사람들의 수는 수십 명으로 가게 물건의 절반을 구매해 가는 고객들이었다.

그들이 새벽 일찍 오면 아침도 대접했고, 계산이 끝나고 나면 화장품 한 세트씩을 선물로 주었다.

한바탕 부산을 떨고 난 후면 10시가 넘고 일반 손님들이 한두 명씩 드나든다. 한가한 때다.

갑자기 회사에 나갔던 정진우 씨가 회나무 옆에 차를 세워 두고 심순이를 나오라고 손짓을 했다. 심순이가 정진우 씨 앞으로 가자, 곧장 심순이를 태우고 정진우 씨는 아파트로 갔다. 응접실 테이블에 마주 앉은 정진우가 조용히 말을 꺼냈다.

"전에도 말했다시피 아들은 군에 입대했고 딸은 이곳 하얼빈으로 유학을 오게 되어 아내도 같이 온다는군요."

"그래요. 잘 되었네요."

"그렇게만 말할 게 아니라 좀 더 신중히 생각해 봅시다."

"저야 어떻게 하자고 말할 수 있는 입장은 아니잖아요. 당신이 결정하는 대로 따를 테니 제 염려는 하시지 마세요."

정진우는 한참 망설이다가 말했다.

"장춘에도 내 거래처가 있어 자주 왕래하고 있으니 거기다 우선 전셋집을 마련해 가 있으면 어떻겠소?"

"좋을 대로 하세요. 반 십 년 함께 해온 것만으로도 고마운데…"

심순이는 언제나, 늘 그러했다. 부모로부터, 시가로부터, 남편 신종대로부터 그 어떤 처분에도 토를 달지 않았다. 그럴 의향도 그럴 능력도 없었다. 그저 파도가 치는 대로, 바람이 부는 대로, 의식주만 해결이 되면 세파에 밀리는 대로 그렇게 살아왔다.

지금 상황으로 봐서 정진우와의 관계도 하루 속히 정리해야 되겠다고 속 깊게 다짐을 했다.

우선 자기 앞으로 된 집을 팔기로 했다. 집은 급매로 복덕방에 내놓기가 무섭게 사겠다는 사람이 있었다. 평소에도 목이 좋아 사려든 사람이 많았다. 거기다 조금 싼 값으로 내놓자 일시불의 대금을 요구해도 금시 팔렸다.

　정진우의 처와 딸이 온다는 날짜가 내일로 다가왔다. 심순이는 자기가 쓰던 물건을 모두 챙겼다. 트렁크 두 개가 그녀의 이삿짐 전부였다. 심순이는 정진우에게 간단하게 편지를 썼다. 그동안 함께 해서 행복했다는 말과 어차피 함께 살 수 없는 바에야 헤어지는 게 상책이라 조용히 떠나니 행복하게 지내시고 다시는 찾지 말라는 당부로 끝을 맺었다. 쓴 편지는 함께 자던 침대 머리에 놓아두었다.

9. 다롄행 남행열차

심순이는 정진우가 퇴근해 오기 전 서둘러 집을 나섰다. 하얼빈역으로 향했다.

늦은 오후 다롄행 급행열차는 좌석표가 남아 있어 표를 사서 자리를 잡았다.

그러고서야 며칠 전 받은 차홍실의 편지를 핸드백에서 끄집어내서 다시 읽어 보았다.

두 달 전에 장춘을 떠나 다롄으로 이사를 갔다는 내용을 확인했고 편지 겉봉에 적힌 주소도 다시 살펴보았다. 다롄으로 이사 간 이유도 적혀 있었다. 그곳에 외숙모가 혼자 살다가 노년에 병들어 누웠으니 급히 한 번

와 달라고 해서 갔더란다.

"잘 왔다. 너도 알다시피 너 외삼촌 죽고 피붙이 하나 없이 여기까지 살아왔다. 웬만하면 이곳에 와서 함께 살자. 내 살날 얼마 안 남았으니 죽기 전 이 집과 남은 재산 모두 너에게 주려고 한다. 꼭 그렇게 해 다오!"

차홍실은 그런 편지를 외숙모로부터 받고 부랴부랴 다롄으로 이사를 했노라고 적혀 있었다.

만약 차홍실이 다롄으로 이사를 가지 안 했더라면 장춘으로 갔을 것이다. 정진우가 말한 대로 그의 거래처가 있어 집을 마련해 살면 정진우와 굳이 헤어질 필요까지는 없었기 때문이다. 또한 정진우가 오지 않은 날에는 차홍실과 만날 수 있어 무료함도 달랠 수가 있어서였다. 어쨌거나 심순이는 미련 없이 남행 열차를 탔다.

하얼빈서 다롄까지는 수천 리 길이다. 급행열차를 타고도 사흘간이나 걸린다. 심순이는 하얼빈을 출발해 장춘을 지나고 다시 선양에서 안산을 통과할 무렵은 긴 여로에 시달려 온몸은 녹초가 돼 파김치처럼 돼 있었다. 그런 가운데서도 안산과 선양은 꿈에도 잊지 못할 기억으로 떠올랐다.

그녀는 안산에서 나고 자랐으며 선양으로 시집을 갔으니 거기서 뿌리를 박고 살았어야 마땅했었다. 그러나 바람 부는 대로, 물결치는 대로 살아가는 부평초 신세였다. 심순이는 벌써 마흔다섯의 중년이다. 그럼에도 고향도, 부모도, 자식도, 남편도, 심지어 죽고 못 살기로 사랑을 나누었던 강신우마저도 다 잊었다. 그녀는 차창 밖으로 주마등처럼 스쳐 가는 선양이나 안산을 의도적으로 고개 돌려 외면했다.

그야말로 물 위로 떠다니며 살아가는 부평초처럼 그렇게 반세기를 훌쩍 보내고도 지금 또 그런 길을 가고 있는 것이다.

심순이가 수천 리를 달려가 차홍실을 만나자 홍실이 반기며 맞았다.

"너 편지 받고 하마나 하마나 하고 기다렸는데 잘 왔다. 직장도 한 직장에 십 년간이나 있었으니 그만둘 만도 했겠구나."

영문 모르고 하는 차홍실의 말에 심순이는 웃기만

하고 아무 말도 하지 않았다.

홍실이는 이곳으로 이사 온 후로 병석의 외숙모를 보살펴 드리면서 장춘에서 가게와 집 판 돈으로 남편은 옷가게를, 홍실이는 화장품 가게를 내어 장사를 하고 있었다. 역시 장춘서 하던 미장원도 겸해 운영했다.

홍실이의 이런 형편에 순이의 출현은 감지덕지였다. 장춘서 이모라 부르며 따르던 아이들은 다 컸고, 병석의 노인네만은 순이가 보살폈고, 틈틈이 가게도 들랑거리며 일을 거들었다. 이처럼 순이는 어딜 가나 빌붙어 남에게 폐 끼치며 살지 않는다. 장춘서 홍실의 가사를 도와주었듯 이곳에서도 제 몫을 단단히 해내고 있다.

그런데 홍실이의 화장품 가게와 그의 남편 옷가게에 자주 드나드는 한국의 상인 한 사람이 있었다.

건장한 체구에 나이는 육십 대 중반쯤으로 보였다.

그는 홍실이 가게에 한국산 화장품을 대주기도 하고 홍실이 남편의 옷가게에서 옷을 도매가격으로 사가기도 하는 장사꾼이었다. 홍실이 내외는 그를 석명수 사장이라 불렀다.

그는 인천항과 다롄항 사이를 왕래하는 연락선을 이

용해 물건을 받고 부치는 소위 남자 다이궁 역할도 했다. 그는 다롄에 오면 홍실이 집에서 한 달가량씩 묵으면서 가져온 화장품을 홍실이 가게에 대주는 한편 선양, 장춘, 하얼빈, 지린, 옌지 등까지 주문받은 화장품을 직접 보급해 주고 대금을 수금해 왔다.

순이는 상인이 한 달간을 홍실이 집에 머물며 일을 보는 동안 자연적으로 친숙해져 만날 때마다 인사도 하고 말도 주고받았다.

그런데 어느 날 석사장과 어떤 사십 대의 남자가 주고받는 말을 순이는 유심히 들었다. 외국으로 갈 날도 며칠 안 남았는데 집을 팔아야 한다는 것이었다. 그런 소리를 들은 순이는 그 남자가 돌아간 뒤 석 사장에게 말했다. 그 집을 살 의사가 있으니 볼 수 있게 해 달라고 했더니 당장 가보자고 해서 같이 가 둘러봤다. 둘러본 결과 순이 마음에 꼭 드는 집이었다.

주인이 말했다.

"꼭히 사시겠다면 내놓은 가격보다 더 싸게 해서 매도하지요."

순이는 그날로 그 집을 구입했다.

홍실이도 무척 기뻐했다. 홍실이 집과의 거리도 그리 멀지 않아서 더욱더 안성맞춤이었다. 평생 처음 집을 마련한 순이는 감개무량했다.

그녀는 며칠을 두고 집을 손볼 곳은 손보고 닦고 쓸어 집 단장을 한 다음 새살림을 위한 가구와 살림 도구를 장만했다. 홍실이 내외도 자주 들려 밥솥과 그릇들을 사다 주는가 하면 자질구레한 생필품을 꼼꼼히 챙겨 새살림 나는 친구를 도왔다.

순이는 옷장, 세탁기, 냉장고 등 가재도구들을 여기저기 옮겨 가면서 배치를 해 두고 화장대, 침대를 몇 번이나 옮겼다가는 다시 처음 넣었던 자리에 놓았다. 몸에서 땀이 흘러내렸다.

이렇게 근 일주일 동안 집안 정리를 해 놓고 보니 살림하는 집 같았다. 파혼하고 이십여 년간 부평초처럼 떠도는 몸 하나로 남의 집 살림만 해 왔던 순이었다. 그래서 가는 곳마다 그 집 형편대로, 있으면 있는 대로, 없으면 없는 대로 살아 가 주면 그만이었다.

그러나 지금은 필요한 것은 내 손으로 장만해야 했다. 살림살이에 필요한 것은 한둘이 아니다. 열 가지 스무 가지가 아니라 백 가지 천 가지가 필요한 살림 도구였다. 그래서 다들 집을 장만하면 이사를 하려 들지 않은 모양이었다. 순이는 많이도 이사를 다녔다. 달랑 트렁크 한두 개면 이사를 할 수 있었다. 순이는 그런 생각을 하면서 앞으로는 이곳에서 뿌리를 박고 살아야겠구나 하는 생각을 하자 문득 안산에 사시는 부모와 함께 선양의 두 아들 녀석들의 모습이 떠올랐다. 역시 피는 못 속이는 법이었을까!

순이는 갖출 것은 갖추어 놓고, 깨끗하게 정리되고, 단장된 집안을 한 번 돌아본 후 작고 둥근 탁자 앞에 앉았다. 갖은 살림 도구가 집안 가득 차 있다. 그러나 뭔가는 허전함과 함께 마음은 텅 빈 느낌이었다. 혼자일 때는 늘 그러했지만, 오늘은 어쩐지 심한 고독감이 전신을 엄습해 왔다.

갑자기 온 전신을 덮어오는 쓸쓸함과 고독이 자신을 몸부림치게 했다.

순이는 안방 침대로 가서 반듯이 누워 멍하게 천정만 쳐보았다. 천정에는 연세 많은 어머니와 아버지의 얼굴이 나타났다. 이십 년 전 뵈었던 그 얼굴 모습이다.

언니 두 얼굴이 떠오르는가 하면 이어 두 아들 녀석이 떠올랐다. 시집간 두 언니야 출가외인이니 그만두고라도 신종대와 이혼할 때 순이 앞으로 호구에 올린 둘째 녀석만 데려와 친정 부모 모셔 4식구 함께 오순도순 살면 행복하리라. 아버지 어머니에겐 그동안 지은 죄 빌어 용서받고 모셔 와 살아야지. 순이가 그런 생각을 갖게 된 것 역시 흘러간 세월 탓이다. 흐르는 세월을 이기는 자 없듯이 순이도 마흔다섯의 세월을 빗겨 갈 수는 없었다. 스물다섯 살, 청춘의 패기로 모든 인연을 등지고 집을 나와 떠돌며 살아온 세월만 이십 년이다.

'나도 벌써 한 생의 반을 살아왔구나!'

그런 생각을 하며 몸을 이리저리 뒤척이며 만 가지 생각에 시달리다가 겨우 잠이 들었다.

10. 잡초 무성한 고향

"뿌웅---"

잠결에 기차의 기적 소리가 들렸다.

다롄역에서 아침 일찍 출발하려는 기차는 가깝게는 선양, 좀 더 멀리는 장춘과 하얼빈행 북행 열차이리라.

멀리서 은은하게 들리는 기적 소리에 잠을 깼다. 눈을 떠 창 쪽을 바라보니 유리창 너머로 새벽이 부윰하게 동트기를 시작한다.

순이는 잠자리에서 일어났다. 오늘은 열일을 다 제쳐 두고서라도 옛 고향 안산엘 가 봐야겠다고 다짐했다. 서둘러 아침을 지어 먹고, 설거지를 끝내자 화장대 앞에 앉았다. 거울에 비친 자기의 얼굴은 이마와 눈가엔 잔주름이 생겼어도 고비 쉰 중년의 나이치고는 팽팽한 얼굴이었다.

집을 나올 무렵 환갑을 눈앞에 두었던 어머니 아버지의 모습이 아른거린다.

그간 못 뵈온 지 이십 년! 많이도 늙었으리라. 순이는 대충 크림과 파운데이션으로 얼굴을 문지른 다음 외출복을 갈아입고 버스정류장으로 나갔다. 마침 안산행 첫 버스가 출발하기 위해 워밍업을 하고 있었다. 순이는 얼른 버스에 올랐다. 해가 뜬듯한데 짙은 물안개로 뿌연 날씨였다. 버스가 달리자 마치 실비가 내리듯 물이 차창을 타고 내렸다. 버스가 안산에 도착하기까지에는 무려 너덧 시간이 걸렸다. 그것은 급행이라고 하면서도 기차역이 있는 곳마다 버스정류장이 있어 한 참씩 머물렀기 때문이었다.

순이는 안산에서 조금 떨어진 변방에 있는 고향 마을을 찾아갔다. 한여름을 살짝 넘긴 계절이긴 하지만 간간이 부는 바람마저 없었다면 무척 더운 날씨였을 것이다.

순이는 더운 것도 잊은 채 고향 마을 동구 앞에 서서 십팔 년을 살아온 집을 살폈다. 약 스무남은 가호 살던 집들은 하나 같이 퇴락되었고 사람 사는 흔적이라곤 찾아볼 길이 없었다.

그야말로 '산천은 의구한데 인걸은 간데없네'란 옛시조의 한 구절 그대로였다.

'그래도…?' 싶어 동네 골목길을 접어 들어 입구에서 다섯 번째의 집을 찾아 들어갔다.

그 집이 십팔 년 전에 순이의 가족들이 살던 집이었기 때문이다. 그 집에도 마당부터 잡초가 순이 키만큼이나 자랐는데 고라니가 드나든 흔적 정도로 마루 앞까지 풀이 누워있는 것으로 보아 사람이 산다는 느낌을 주었다.

순이는 마루 앞 축담 앞에 서서 마루를 바라보았다. 마루는 먼지 없이 반지르르했다. 사람 사는 흔적이 보였다.

"어머니! 아버지!"

순이는 목청을 돋우어 불렀다.

잠시 침묵이 흘렀다.

"누구세요?"

한지 바른 댓 살 문을 열고 젊은이가 마루에 나서며 물었다.

"이 집에 심 씨 가족들이 살았는데…?"

"네, 맞아요. 저 외할아버지 내외가 사시든 집이에요. 그런데…?"

"그럼, 네가 승준? 승진?"

"네, 제가 신승진이고 형이 승준이에요. 그런데 아줌마는요?"

"네 엄마다. 이십여 년 전 선양서 너들 형제를 누고 집 나온 그 무정한 엄마다!"

순이는 승진을 와락 끌어안았다. 그러고는 주체할 수 없는 설움과 목멤으로 소리 내어 울었다. 이십 년의 긴 시간 동안 끊어졌던 핏줄이 다시 이어져 흐르기 시작했다. 승진이도 따라 울었다. 사람이라고는 모두가 떠나버린 텅 빈 마을에 두 사람의 슬픈 통곡의 소리만이 애달프게 퍼져갔다.

그러다가 모녀는 대청마루 끝에 나란히 걸터앉아 이야기를 주고받았다.

"그동안 엄마와 헤어진 후 어떻게 지내왔니?"

승진이가 말했다.

"계모의 핍박에 시달리다가 삶에 지친 형은 중3 때 사고를 내 감옥에 가서 무기수로 살다가 작년에 출옥해 이곳에서 저와 함께 살다가 북경으로 간 지 두 달쯤 돼요. 직장을 구했다는 편지를 며칠 전에 받았지요. 저는 중학교를 겨우 졸업하고 집을 나가 떠돌다가 외할아버지 내외분이 사시는 이곳으로 왔었지요. 그때는 이미 두 분이 병석에 누워 계셨어요. 그로부터 1년 정도 모셨는데 두 분 다 돌아가셔서 나 혼자 장례를 치렀지요. 마오쩌둥의 문화혁명 특별조치법에 따라 장묘가 금지되어 화장해서 재를 들판에 뿌리고 가짜 돈을 만들어 불태워 날림으로써 저승길 노자를 드린 것이 전부였어요. 그 후로 지금까지 안산 시내의 한 자동차 공장에 나가 일하고 지냅니다."

"그랬구나. 근데 어째서 온 마을 사람 모두가 제집을 버리고 어디로 갔지?"

"80년대에 말 한·중 간에 국교가 열리면서 너 나 없이 한국에 가면 돈을 벌어 잘 살 수 있다며 조선족이면 무조건 한국으로 떠났기 때문이지요. 거기다 중국에선 인구팽창을 막기 위해 인구 소산책으로 산아 제한을 하던 시기라 한국 이민 수속이 쉬웠거든요. 브로커를 통해 돈만 주면 이민 수속은 식은 죽 먹기에요. 돈만 주면 이름도, 성도 바꿔서 이민 간 사람이 한두 명이 아니었거든요. 물론 반대로 한국 사람이 사업을 위해 입국한 사람들도 부지기수였지만요."

순이는 대청마루에 걸터앉아 승진이의 이야기를 듣자니 세상일 모르고 일신의 편안함만 추구하며 보낸 이십 년의 세월이 허망했음을 새삼 느꼈다.

순이는 승진이의 손을 잡고 부모의 유해를 뿌렸다는 들판으로 나가 들고 온 소주를 술잔에 부어 뿌리고 지폐 몇 장을 불에 태워 공중에 날렸다. 그것으로 불효한 죄를 용서받고자 해서였다.

순이는 그런 후 승진이 살던 집으로 되돌아와 대충의 짐을 챙겨 그날로 다롄항으로 돌아와 승진이와 함께 살게 되었다.

승진이는 다롄항 부둣가에 있는 배와 자동차에 쓰이는 부품상에 취업을 했다.

11. 위장 이민

"부웅- 통통통…"

다롄항 부두 쪽에서 아침을 여는 뱃고동 소리가 요란했다.

출항하려는 여객선 아니면 화물선들의 출발 신호이리라.

승진이는 엄마가 지어 준 아침밥을 먹고 누구보다도 먼저 직장으로 출근했다.

순이는 그제야 주방 설거지를 대충 해 놓고 차홍실의 화장품 가게로 나갔다. 부지런하기 짝이 없는 차홍실이 벌써 가게 문을 열고 있다가 순이가 나타나는 것을 보고 말했다.

"일찍 나왔네. 천천히 나와도 될 텐데…"

"집에 있으면 뭘 해. 일찍 나와 청소라도 좀 해야지."

"아, 참 일찍 잘 나왔다. 봄에 왔다 간 후 두 달만인데 석명수 사장이 지금 막 다롄항에서 나오는 중이래. 우리 상점부터 먼저 들를 것이라 하니 내가 물건을 받는 동안 네가 우리 집에 가서 아침 식사를 준비해 주었으면 좋겠네."

"그래, 알았다."

순이가 홍실이 집으로 가 석 사장의 아침 식사를 준비해 놓고 기다린 지 두어 시간이 돼서야 석 사장 혼자 들어왔다.

커다란 보따리를 손수레에 싣고 왔다.

"아주머니, 그동안 안녕하셨어요?"

석 사장이 집안에 들어서며 먼저 인사를 했다.

"네, 오시느라 수고 많으셨네요."

순이도 인사를 하면서 응접실 식탁에 마련된 아침 식사를 권했다.

"번번이 이렇게 폐를 끼치게 되네요."

"폐라니요. 저야 뭐 이 집에 일꾼인걸요. 헌데 이번에도 물건을 많이 가지고 오신 걸 보니 장사가 잘되시나 보네요."

"그런대로 괜찮습니다. 이번엔 주문이 좀 많아요."

"한국에는 살기가 좋은가 봐요. 너나없이 우리 조선족들이 한국으로 몰려가는 걸 봐서요."

"그래요. 한국은 88올림픽 경기 이후 이천 년대에 들어와 선진국대열에 진입했어요. 그러나 일자리 많고 실업자 많은 나라가 한국입니다. 고학력자로 수준 높은 지식을 가진 젊은이들은 중소기업이나 막노동 같은 힘드는 직업은 싫어해 고급인력은 모두가 백수건달로 실업자이지요. 그런 나라에 가서 힘든 일할 각오만 돼 있다면 1, 2년 정도 고생해 번 돈으로 이곳에서 집 한 채 정도는 마련할 수가 있답니다. 한국에 이민 갈 의향이 있으세요?"

"이민은 아무나 갈 수 있는 게 아니잖아요."

"그렇지요. 일정한 자격을 갖추어야 해요. 한국에 직계 친척이 있으면 초청 이민으로 갈 수 있고, 기술자이면 기술이민 외 국제결혼 등의 자격을 갖춰야 해요."

"그러니 저 같은 경우는 엄두나 내겠어요."

"아주머니 경우는 혼자 사시니까 더 쉬워요."

"어떻게?"

"그건 말예요…"

그때 차홍실의 남편 진정환이 들어왔다.

"식사는 잘하셨나요?"

"예, 잘 먹었소. 아주머니의 음식 솜씨가 보통이 아니시네요."

"네, 참 잘하시죠. 근데 오늘 여기서 쉬지 않고 하얼빈까지 가신다고요?"

"그렇소. 물건 빨리 안 갖다준다고 아우성이니, 원!"

그로부터 사흘이 지난 후 석 사장이 순이의 집으로 찾아왔다.

"웬일로 예고도 없이요?"

"제가 소개해 드린 집도 구경할 겸 전번에 하던 이야기를 매듭을 지을까 해서요."

"그러세요. 잘 오셨습니다. 무슨 좋은 방법이라도…."

"이건 비밀이지만 공공연한 비밀인데 가장 쉬운 방법

입니다. 위장 결혼을 하는 겁니다."

"어떻게요?"

"간단히 말해 한국인과 국제결혼을 한 후 한국 국적을 취득한 다음 이혼하면 간단히 해결되는 거지요."

"그게 가능합니까?"

"잘 알다시피 지금 중국에는 인구팽창을 억제하기 위해 강제 산아 제한에다 인구 소산 정책으로 외국 이민을 장려하고 있거든요. 이런 기회를 이용하는 거지요. 다만 경비가 부담돼요. 하지만 그것도 국적 취득 후 일 년만 고생하면 해결돼요. 만약 원하신다면 제가 도움을 드릴게요. 저가 십여 년간 장사하며 한·중 간을 왕래하다 보니 양국의 대사관이나 이민국 관계자들도 잘 알 뿐만 아니라 이들 일을 전문적으로 해주는 브로커를 잘 알아요."

순이는 석 사장의 말을 듣고 이민 수속에 필요한 경비를 집 사고 남은 돈을 가늠해 보고는 간곡히 부탁했다.

"그런데 이민 신청을 하면 얼마나 걸릴까요? 들은 소문에는 빨리 되기도 하고 일 년이 넘도록 기다리는 사람도 있다던데…"

"그건 돈 문제지요. 브로커를 통해 돈만 건네면 한 달 이내로 여권을 받아 인천공항을 통해 한국 입국이 가능해요. 그러니까 내일이라도 국제결혼 수속을 밟는 일부터 시작하면 돼요."

순이는 그 다음 날로 꽤 많은 돈을 석 사장에게 건네주고 대사관에 함께 가서 국제결혼 신청서를 접수 시켰다. 결혼 신청서에는 신원조회도 필요 없이 그저 이름도, 성도, 나이도, 진위와는 상관없이 써내기만 하면 통과되었다.

순이는 이왕 외국으로 나가는 바에야 중국에서의 제 모습을 털어 버리고 싶었다. 그래서 이름과 성도 나애란으로 바꾸고 나이도 십 년을 낮추어 기록했다.

다만 사진만이 제대로 된 본 모습이었다.

순이는 정말 이민을 가게 될지 의심이 되면서도 희망에 부풀어 가슴이 콩콩 뛰었다.

"그리 오래 기다리지 않아도 될 겁니다. 이민 갈 준비나 차분히 해 놓으세요. 출국 전까지는 아무에게도 말씀하시지 마시고요."

그로부터 보름을 지난 어느 날 석명수 사장이 전화를 했다. 다롄 청사로 나오라는 것이었다. 일이 잘되어 여권과 탑승권까지 다 받았다고 했다.

순이는 한걸음에 달려가 석 사장을 만났다.

"일이 의외로 빨리 됐네요. 이달 말일에 출국하게 돼 있으니 당일 두 시간 전에 공항으로 나가세요, 저는 이곳의 일을 다 보고 오늘 저녁 배편으로 귀국하기 위해 싣고 갈 물건들을 모두 선적해 두었습니다. 한국에 오시는 대로 연락해 주세요."

순이는 여권과 티켓을 받아 들고 감격해 허리를 몇 번이나 굽혀 고맙다는 인사를 했다.

"저에게 고마워할 필요는 없습니다. 모두 돈의 위력이니까요."

이제부터 순이가 아닌 나애란은 석 사장에게 처음으로 점심 식사를 대접했다.

석 사장이 말했다.

"순이 보다는 나애란 이름이 더욱 세련돼 보이네요."

"그러세요? 대사관에서 서류 작성할 적에 아무렇게나 주워댄 이름인데…?"

"자, 그러면 출국 준비만 잘하시면 될 테고, 한국에 입국하게 되면 위장 결혼한 것을 해제해야 하는 일만 남았어요."

"그건 어떻게 해결해요?"

"두 사람이 합의 이혼 소송을 제기하면 2개월 만에 판결이 나요. 그러면 두 사람이 그 판결문을 가지고 구청에 가서 이혼 신고만 하면 모든 게 끝납니다."

석 사장은 한국에 가서 위장 결혼의 해제 방법까지 자세히 가르쳐 주고는 바쁘다며 서둘러 떠났다.

순이, 아니 애란은 그 길로 휑하니 집으로 돌아왔다. 애란은 가슴이 부풀어 집으로 돌아오는 발걸음이 땅에 닿는 줄도 몰랐다.

집안에 들어선 애란은 잠시 응접실 테이블 앞에 잠시 멍하니 서 있었다.

애란은 막상 한국으로 이민을 간다고 생각하니 만감이 교차해 왔다. 남들은 거개가 직계가족으로 이민을 가거나, 친인척의 초청, 아니면 기술이민으로 이민을 잘도 떠났지만, 애란은 그도 저도 아닌 위장 결혼으로 이민을 간다. 물론 부모님이 한국인이어서 중국 땅에 태어나서도 언제나 조선족으로 불리며 이날까지 살아왔다. 더구나 태어나서 조국이라고 말하는 한국 땅을 단 한 번도 가본 적이 없다, 거기다가 지금은 부모님마저도 세상을 떠났으니 현재의 애란에겐 한국이란 나라는 아무리 보아도 낯선 이국땅일 수밖에 없는 처지다.

그렇다고 중국 땅에서 태어나 자랐다고 해서 한족이 되는 것도 아니다.

겨우 이제야 집 한 채를 마련했다고 해서 이 땅에 뿌리내리고 살만한 처지도 못 된다. 바람 부는 대로, 물 결치는 대로 살아온 부평초 같은 삶이 앞으로 이 다롄항에 뿌리내리고 살아가리란 보장도 없다.

그러나 다행히도 부모님 밑에서 한국말과 한국 풍습을 전수받아온 것이 만 번 다행이다. 그런 조건이 유일한 한국에 이민을 가도 생활에 불편을 가져오지 않게 된 점이다.

애란은 조용히 식탁에 혼자 앉아 주전자에 끓여 놓은 보이차를 따라 마시며 타오르는 목을 축였다.

'그래, 나는 이제까지의 순이가 아니다. 새로 태어난 나애란이다. 반생을 살아온 이 나라도 나와는 상관이

없다. 마련해 둔 집이야 승진에게 맡겨 두고 떠나면 언제, 어느 날 다녀갈 수도 있을 테고.'

애란은 그런 생각을 하면서도 출국 날짜가 보름 가까이 남았다는 생각을 잊고 내일이라도 출국을 해야 할 것처럼 갑자기 마음이 급해 왔다.

'뭣들을 챙겨야 할까? '

잠시 머뭇거리다가 마음을 차분히 가라앉혔다.

'그래, 챙겨야 할 짐이랄 것이 뭐 별것이 있나. 그저 철 따라 입는 옷가지에 화장품과 일상 생활용품 정도다. 그리고 한국에 가서 직장을 잡을 때까지 생활비 정도의 돈을 환전하는 일이면 그만 아닌가. 이 나라에 있을 적에도 거처를 옮길 때마다 이삿짐이라야 딸랑 트렁크 한두 개면 고작이지 않았나.'

애란은 선반 위에 얹어 놓은 두 개의 트렁크를 쳐다보았다.

애란은 그것을 내려놓았다. 아직 먼지도 앉지 않은 트렁크에 다시 짐을 챙겨 넣어야 할 처지이다.

애란은 방으로 들어갔다. 옷장도 열어 보고, 화장대 앞에도 가보았다. 큰방, 작은방에도 들려 서랍장도 열어 보고, 벽에 걸린 물건도 살펴보았다. 주방의 찬장도 열어 보았다. 모두가 처음 집을 사서 처음으로 장만해 놓은 살림살이들이었다. 앞으로 죽는 날까지 만지고 쓰면서 살 것이라는 생각으로 장만한 물건들이었다.

그녀는 다시 화장대 앞으로 가서 거울을 마주 보고 앉았다.

낯빛은 여전히 홍조를 띠고 있었지만 눈가에는 장마 뒤에 패인 골목길만큼의 주름은 아니었어도 눈가의 잔잔한 주름은 세월 흘러간 흔적으로 그려져 선연하게 보였다. 그러나 얼굴의 피부는 아직도 팽팽한 탄력이 있었고 고왔다.

나애란은 얼굴에 송송히 맺힌 땀방울을 물티슈로 훔친 다음 프랑스제 랑콤보다도 더 좋다는 한국산 아모레 크림을 조금 찍어 얼굴을 문지를 때였다.

"딩동, 딩동…"

애란은 차임벨 소리를 듣고는 깜짝 놀라 벽에 걸린 시계를 보았다.

'아니, 벌써…? 승진이가 퇴근해 오는 모양이구나!'

애란은 얼른 현관문 앞으로 가 도어를 열어 주었다.

승진이었다.

"일찍 퇴근 했네. 어서 들어오너라!"

"네, 일찍 퇴근한 것은 아니고 평소와 같이 퇴근한걸요."

"그렇구나, 내 정신 좀 봐라, 그런 줄도 모르고…"

"어서 옷 갈아입고 사워하고 좀 쉬어라. 나는 곧 밥 지을게."

애란이 주방으로 가 얼른 밥을 안쳐 놓고 반찬을 준비해 저녁상을 준비하는 동안 승진은 샤워를 하고 식탁 앞에 앉았다.

"엄마, 오늘 무슨 일이 있었어요?"

애란은 냄비에 끓는 국 맛을 간 보다가 승진을 돌아보며 잠시 머뭇거린 후 말없이 고개만 까딱했다. 그러고는 저녁상을 분주히 마련했다.

드디어 식탁에 서로 마주 앉았다. 애란은 함께 식사를 하며 승진에게 그간 부평초처럼 살아온 이야기를 뺄 건 빼고 다 들려준 다음 몇 가지 당부를 했다.

"엄마가 한국에 가서 기반을 잡게 되면 다니러 오겠다. 그때까지 이 집에 살면서 형 승준에게도 연락을 해서 둘이 함께 살 거라. 엄마는 이달 말에 출국한다. 내 걱정은 말고 너희 형제가 만나 잘 살기를 바란다."

이렇게 애란이 말하는 동안 승진은 한마디 말도 없이 고개를 숙인 채 듣기만 했다. 그날 밤 생애 처음으로 모자는 한 방에서 침대를 나란히 대고 잠을 잤다. 승진은 비록 엄마와 한 이불을 덮고 엄마의 팔베개를 하고 자지는 못했지만 행복했다. 한동안 잠을 설쳤지만, 곧 잠이 들자 코를 골면서 잤다. 그러나 엄마인 애란은 다롄항에서 새벽을 여는 뱃고동 소리가 붕붕거릴 때까지도 잠을 이루지 못하고 뜬눈으로 밤을 밝혔다. 만 가지 회포가 머리를 어지럽힐 때마다 몸을 뒤척였고 그럴 때마다 베갯잇은 타 내린 눈물로 얼룩졌다.

12. 〈사계절〉 상회

한여름의 끝자락인가 싶게 시원함을 느낄 수 있는 날씨였다.

나애란은 예정된 출국 날짜에 맞추어 혼자 소리소문 없이 비행장으로 나갔다. 짐은 딸랑 트렁크 한 개뿐이었다. 공항에 도착해 트렁크를 소화물로 부치고 검색대를 통과해 15번 게이트에서 30분을 기다리다가 드디어 한국행 비행기를 탔다. 평생에 처음 타 보는 비행기였다. 청색 바탕에 태극마크가 선명한 대한항공은 이륙하는지 얼마 안 되어 양털 구름이 솜처럼 깔린 구름 위를 날고 있었다. 나애란은 유리창을 통해 그것들을 바라보다가 슬며시 잠이 들었다.

두어 시간은 족히 잠들어 있었던 모양이다.

"…잠시 후면 본 여객기는 인천 공항에 착륙하게 됩니다.…"

기장의 기내 방송에 나애란은 잠을 깼다. 그리고는 창밖을 바라보았다. 비행기가 서서히 고도를 낮추자 바다가 보이고 비행장의 활주로도 눈에 들어왔다.

모두가 벨트를 맨 채 조용히 착륙을 기다린다. 나애란도 비행기가 하강할 때

모두가 느끼는 짜릿한 몸 떨림의 느낌을 받으면서도 꾹 참고 착륙을 기다렸다.

마침내 출렁하며 기체의 바퀴가 땅에 닿는가 싶더니 주르르 미끄러지듯 활주로를 타고 주행하다가 속력을 점차 줄이더니 드디어 멈춰 섰다. 잠시 후 승객들은 트랩을 내려 기다리고 있는 셔틀버스에 오른다.

나애란도 셔틀버스를 탔다. 대여섯 대의 셔틀버스는 비행기에서 내린 여객들을 싣고 비행장 내만 오가는 모노레일 열차 정류장 앞에 쏟아 놓고 떠났다. 나애란은 쏟아진 승객 속에 묻혀 떠밀리다시피 하여 수화물이 도

착되어 회전 트랙을 타고 나온 트렁크 하나를 받아 들고 출국장을 나섰다.

　나애란이 출국장을 나오자 마중 나온 많은 사람들이 법석였다. 그러나 나애란을 반기며 환영하는 사람은 아무도 없었다. 그녀는 잠시 서서 머뭇거리며 어디로 갈 것인가를 생각했다. 갈 곳이 없었다. 그때 막연히 떠오른 것은 서울에 오게 되면 연락해 달라는 석 사장의 말이 떠올랐지만, 전화를 해도 될지 잠시 망설였다. 이민을 주선해 준 것만도 신세를 졌는데, 더 이상을 짐을 지게 할 수는 없다는 생각에서였다. 그때 문득 머리에 떠오른 것은 한국에 가면 조선족들이 많이 모여 사는 지역이 몇 군데 있다는 말이었다. 그곳은 인천, 부평, 안산, 성남, 문산 등 주로 경기도에 있고, 서울에는 대림, 구로, 신도림 등지라는 말을 들은 적이 있다.

　나애란은 근처에 있는 안내소로 가서 안내원에게 물었다.

　"인천에 있는 부평이나, 서울의 신도림으로 가려면 어떤 교통을 이용해야 하나요?"

　"청사 밖으로 나가서 공항버스인 리무진을 이용하거

나, 아니면 에스컬레이터를 타고 가서 공항철도를 타면 됩니다. 그리고 타고 가시다가 원하는 정류장에서 내리면 돼요."

나애란은 안내원의 말을 듣고 근처에 있는 코너에서 한국 관광 지도를 한 권 샀다. 나애란은 그 지도를 들고 여행객들이 앉아서 쉬고 있는 벤치에 가 앉아 지도를 펼쳐 보았다. 영종도 공항에서 출발해 제일 가까운 곳이 인천시의 부평이었고 그곳은 조선족들이 많이 사는 곳이라는 들은 말이 있어 곧 공항청사를 빠져나와 마침 와 닿은 리무진에 올랐다. 리무진은 바로 출발했고 인천과 영종도를 잇는 긴 다리는 연륙교의 역할로 나애란에겐 신기함이 남달랐다.

그런 생각도 잠시, 그녀를 내려 준 곳은 부평역이었다. 그때서야 시장기를 느꼈다. 트렁크를 끌고 음식점을 찾아 들어간 곳은 '해물탕 골목'이란 곳의 한 음식점이었다. 해물탕 한 그릇을 시켜 배고픔을 때운 다음 그곳을 나와 숙소를 정하기 위해 모텔을 찾는 데 마침 네거리 옆 골목에 은수장이란 모텔이 있어 그 앞에 가 섰다. 모텔의 유리문을 열고 들어가려는 데 눈에 띄는 광

고문이 있었다.

'여종업원 구함. 숙식 제공 월수 2백만 원 이상 보장'

나애란은 숙박을 하기 위해 찾아왔지만, 혹시 채용된다면 그런 운이 따로 없겠다 싶어 도어를 밀고 들어섰다.

꽤나 넓은 손님들의 대기실 겸 휴식 실에는 벽을 붙여 여러 개의 안락의자가 놓여 있었다. 넓은 방 입구에는 안내실이 있어 주인인 듯한 육십 대쯤 돼 보이는 곱상스런 중늙은이가 앉아있다가 안내실의 유리문을 옆으로 밀며 내다보았다.

"종업원을 채용한다기에…"

"네, 그래요."

그렇게 말해 놓고는 나애란을 한참이나 유심히 쳐다보더니 다시 말했다.

"그럼, 이 안으로 들어오세요."

중년의 아주머니가 본 나애란의 첫인상은 곱게 생긴 얼굴에 호리호리한 몸매를 살펴본 순간 종업원으로 채용해야겠다는 생각이 들었기 때문이다.

나애란은 중년의 아주머니가 옆문을 열어 주는 대로 안으로 들어갔다. 넓은 거실이었다. 테이블을 가운데 하고 마주 앉은 아주머니가 말했다.

"언제부터 나올 수 있죠?"

"오늘부터라도…"

"그럼, 오늘부터 근무하세요. 주민증 한 통은 2, 3일 내로 제출해 주시고요."

그렇게 말한 주인아주머니는 1층 맨 끝 쪽 룸으로 안내했고, 거기에는 숙식을 같이할 여종업원 다섯 명이 있어 서로 인사를 했다.

나애란은 그날부터 모텔에서 일하게 되었다. 이 모텔은 12층의 건물로 여섯 명의 여종업원이 2개 층에 스무 개씩의 객실을 맡아 일을 했다.

"5, 6층을 관리하던 아줌마가 나갔으니 그 층을 맡아 주시고 호출 번호는 5번으로 통용됩니다. 그러니까 1, 3, 5, 7, 9, 11번으로 각기 부르게 돼 있으니 이름 대신 번호를 서로 불러 주세요. 그리고 매일 하는 일은 이것을 보시고 일하시면 됩니다."

주인아주머니가 종이쪽지 한 장을 나애란에게 주었

다.

애란은 그것을 받아 자세히 읽어 보았다. 어려운 일은 아니었지만 힘 드는 일이었다. 그러나 힘 안 들이고 되는 일이 어디 있겠느냐 싶어 마음을 다잡았다.

20실이나 되는 방 청소, 시트의 세탁과 갈아 끼우기, 욕실과 화장실 청소, 손님들의 심부름 등으로 궁둥이를 붙이고 앉아있을 잠시의 시간도 없이 바빴다.

그러다 보니 하루해가 저물고 한 달이 지나 월급을 탔다. 한 달 급료를 받고 보니 백만 원이었다. 나애란은 이상히 여겨 같이 일한 종업원에 물었다. 그들도 나애란과 같은 급료를 받고도 아무 말이 없었다.

그날 저녁 주인아주머니가 애란을 불러서 갔더니 이런 말을 했다.

"돈 벌러 나섰으면 돈을 벌어야지, 춘향이 수절을 지키겠다면 아예 그만두는 게 나을 거요. 다른 이들은 월수가 3백도 넘을걸. 각자가 제하기 나름이니까."

그 말에 애란도 감을 잡았다. 밤이 되면 같은 방에 자던 동료들이 밤중에 나갔다가 새벽녘에야 돌아와 자는 수가 빈번했다. 그 이유를 이제야 알게 된 것이다.

나애란도 그런 기회가 몇 번 있었지만, 동료들의 눈치가 무서워 외면해왔던 것이다.

나애란은 작심했다. 메뚜기도 오뉴월이 한철이거늘 나라고 못 할 일이 뭐 있으랴. 만 날이 청춘이더냐. 주민등록상에는 10년을 낮추어서 사십 대의 중반이지만 한물간 인생의 절반에 들어선 오십오 세의 나이다. 더 시들기 전에….

그날 밤, 손님이 자정이 가까웠는데도 맥주를 주문해 왔다. 애란은 주문받은 맥주와 안주를 받쳐 들고 손님 방으로 갔다.

오늘로 사흘째를 머무는 투숙객이다. 나이가 육십쯤으로 보이는 건강하면서도 점잖아 보이는 남자였다.

"늦은 밤에 잔심부름을 시켜서 미안합니다."

"아니 뭐 괜찮아요, 흔히 있는 일이니까요."

"바쁘시지 않다면 앉아서 이야기라도 좀 하시고 가세요."

"바쁘긴요, 이젠 잠자는 일밖에 없는걸요."

"그럼, 잘됐네요."

나애란은 못 이긴 체하면서 슬그머니 탁자 앞 의자

로 가서 사내와 마주 보고 앉았다.
"제가 한 잔 따라드릴게요."
나애란이 종이컵에 맥주를 부어 손님에게 건네자 손님도 그것을 받아 놓고 다른 종이컵으로 맥주를 따라 나애란에게 권했다.
"저는 술을 잘 못 하는데요."
그렇게 말하면서도 종이컵 잔을 받았다.
"자, 드세요. 맥주 정도야 어때서요."
손님은 단숨에 한 컵을 마시고는 다시 거품이 부풀어 오르도록 자기 컵에 맥주를 따르면서 말했다.
차세대 첨단산업이라 일컫는 이동통신사의 한 부품을 생산하는 중소기업을 운영하고 있다고 말했다.
나애란은 차세대 사업이 무엇인지는 알 수 없었지만, 회사 사장이란 것을 짐작할 수가 있었다.
"사업은 잘되시나요?"
"시대의 흐름을 타고 있는 셈이지요."
"부품이 들어가는 완성된 제품은 무엇이에요?"
"아주머니도 갖고 계시겠지만 핸드폰이나 가전제품 같은 것들이지요."

두 사람이 이야기를 하는 동안 무의식중에 주고받고 마신 술은 나애란에겐 약간의 취기가 돌며 정신이 몽롱해 왔다. 눈이 절로 감기면서 졸음이 왔다. 그때 손님은 얼른 일어나 나애란을 붙잡고 침대에다 눕혔다. 이렇게 해서 나애란은 손님과의 하룻밤을 보냄으로써 인연을 맺었다. 나애란은 알코올의 힘을 빌려 오랜만에 사내의 품에서 관능의 늪에 빠졌고, 손님 역시 상상을 뛰어넘는 애란의 성행위와 그 기교에 한없는 쾌락으로 하룻밤을 보냈다. 새벽녘에 애란이 일어나 옷을 챙겨 입는 동안 손님은 두툼한 봉투 하나를 내밀며 말했다.

"일주일 뒤 다시 올 테니 이 방에서 다시 만나요. 그렇게 할 수 있겠어요?"

"글쎄요. 그때 가서 봐요." 하고 어정쩡한 말을 했지만, 스스로가 먼저 하고 싶은 말이었다.

"그리 알고 이 호실은 미리 예약을 해 놓고 가겠어요."

애란은 가볍게 웃는 표정만 짓고는 손님방에서 나왔다.

애란은 돈을 받는 게 목적이었지만, 진작 남자와의

교감에서 오는 쾌락을 또한 지울 수가 없었다.

합숙실로 돌아와 보니 동료 종업원들은 아직도 깊이 잠들어 있었다. 애란은 입은 옷 그대로 자기 침대에 비스듬히 누웠다. 곧 깊은 잠에 빠졌다.

일주일 뒤 사내는 약속대로 찾아와 주었고, 그 후로도 몇 번을 나타나 나애란과 동침을 했다. 동침이 끝나면 두둑한 봉투를 나애란의 손에 잡혀주었다. 그랬던 그 남자가 하루 이틀이 아닌 보름이 지나도록 온다만다는 소식도 없이 발걸음을 뚝 끊었다. 나애란은 잠시나마 정들었던 사내를 생각하며 무심히 창밖을 바라보았다.

어느 사이 창 너머로 보이는 나뭇가지에 하얀 서리가 앉아있었다.

아, 벌써 가을이 깊었구나 하는 생각이든 나애란은 문득 떠오르는 게 있었다. 위장 결혼을 한 김찬우란 사람이었다. 진작 이혼 수속을 밟아야 했었다.

나애란은 아침을 먹자마자 주인에게 어디 좀 다녀오겠다는 말을 남기고 김찬우를 만나기 위해 부평역에서 전철을 탔다.

동인천서 출발한 서울 용산행 특급이 때마침 도착해 차에 오르니 좌석도 몇 개 있어 자리를 잡고 앉았다. 자리에 앉아서 오늘 처음으로 만날 위장 결혼한 남자를 상상했다. 어떤 모습도 떠오르지 않았다. 달리는 열차의 창밖을 무심히 시선을 던졌다. 간간이 지나가는 철로변의 나무들이 노랗게 물들인 단풍잎을 떨어뜨리고 있었다.

특급열차는 불과 몇십 분만에 신도림역에 도착하였다.

나애란은 역을 빠져나와 김찬우가 사는 주소지를 물어 찾아간 곳은 큰길에서 좁은 골목을 한참 돌아 들어가서야 막다른 골목에서 허름한 연립주택 한 채를 발견할 수가 있었다. 장미연립주택이 김찬우가 사는 집이었다. 지은 지 오래된 장미연립은 5층 건물로 허름하기 짝이 없었다. 입구 일 층에 사는 사람에게 김찬우 씨 댁이 몇 호냐고 물었더니 지하방이라고 가르쳐 주면서 말했다.

"생보자(생활보호대상자)라 봉사활동 나갔는데 곧 돌아올 때가 됐네."

그렇게 말하면서 '웬 여자가 다 찾아왔나? 친척이 있다는 말도 들은 바 없는데…' 하는 표정만 짓고 일 층 여자는 자기 집으로 들어가 버린다.

그 장미주택의 지하층에 김찬우가 살고 있다는 것을 확인하고 나애란은 지하방 입구에서 그가 돌아오기를 기다렸다=

얼마 안 있어 돌아온 김찬우는 문전에 서 있는 나애란을 보고 깜짝 놀란 표정을 지으며 누구냐고 물었다.

"다롄에서 온 나애란이에요."

김찬우는 나애란을 한참 동안 바라보며 눈망울만 굴리더니 말했다.

"아, 나애란 씨. 맞아요. 제가 김찬웁니다. 어서 안으로 들어가세요."

방으로 들어간 두 사람은 마주 앉았다.

"언제 오셨어요?"

"달포쯤 되었습니다. 진작 와서 가족부 정리를 해 드려야 하는 데 늦어서 죄송해요."

"그거야 괜찮아요. 하지만 언제 오시나 저도 많이 기다렸지요. 위장 결혼이긴 해도 어떤 분인가 궁금해서요."

"어쨌든 이민 오는 데 도움을 주셔서 고마웠어요."

"뭘요. 그것도 우연한 인연 아닙니까."

"한데, 저가 직장에 나가고 있는데 잠시 틈내어 왔기 때문에 곧 가야 해요."

나애란은 그렇게 말하면서 이민을 주선해 준 석 사장이 미리 작성해 준 합의 이혼장을 내보이며 말했다.

이혼장에는 쌍방이 서명 날인 해서 접수 날짜를 적어서 접수하면 되도록 작성된 서류였다.

"오늘 이혼서류를 접수하려고 하는데 여기다가 도장을 찍어서 법원에 함께 가셔서 접수토록 해요."

김찬우는 이혼장을 한참 들여다보더니 엉뚱한 말을 했다.

"그 일이 뭐 그리 급합니까. 오늘만 날이 있는 것도 아닌데…"

"저가 또 오고 할 한가한 시간이 없어요"

"그렇지만 아무리 위장 결혼을 했다고는 하나 법적으로는 부부가 아닙니까. 다만 얼마간이라도 살다가 헤어져야지요."

김찬우는 싱긋이 웃음까지 흘리며 나애란을 보고 말했다. 어디서 이런 예쁜 여자가 제 발로 걸어 들어 왔나 싶었기 때문이었을까.

나애란은 억장이 무너지는 듯 했다.

꿈을 갖고 한국에 왔는데 겨우 생보자로 연립주택 지하방에 전세 들어 사는 주제의 사내와 살아야 하나 하는 생각에 분노가 치밀었다. 그렇다고 사기꾼으로 김찬우를 고발할 수도 없는 처지였다. 결국 돌아올 피해자는 나애란 자신이었기 때문이다.

하지만 나애란은 김찬우를 똑바로 보면서 단호히 말했다.

"꼭 그런 생각이라면 경찰에 고발해서 당신은 감옥으로 가고 나는 중국으로 추방을 당하는 수밖에 별도리가 없네요."

김찬우는 나애란의 당당한 태도에 찔끔 놀라면서 말을 바꾸었다.

"뭐, 꼭 그렇게까지 하자는 것은 아니고 단 오늘 하룻밤이라도 자고 내일 같이 법원에 가면 되잖아요."

나애란도 김찬우의 말을 듣고 잠시 생각했다.

'내가 무슨 요조숙녀도 아니고, 괜히 일을 크게 벌여 상호 피해 볼 것 뭐 있나. 이 풍진 세상 다 떨쳐 버리고 한국에 와서 새 삶을 살아 보겠다고 왔는데 물거품이 되게 할 순 없지.' 하는 생각에서 부드러운 말씨로 말했다.

"꼭 그러시면 그렇게 할 테니 여기 서명 날인부터 해 주세요."

김찬우는 그제야 이혼장을 받아서 성명을 기재하고 도장을 찍어서 내밀었다. 나애란도 그 서류를 받아 핸드백에 넣고는 그날 밤을 김찬우의 지하방에서 동침을 했고 그 이튿날 법원으로 함께 가서 이혼장을 접수했다.

법원의 직원은 재판 날짜가 적힌 접수 확인증을 창구 밖으로 내밀며 두 달 후 당일 재판 시간 두 시간 전에 두 사람 함께 와서 대기실에서 기다리라는 말을 덧붙였다.

그날로부터 꼭 두 달이 지난 후 두 사람은 법정에 나가 재판을 받았다. 그 판결문을 갖고 구청에 가서 가족부 정리를 함으로써 나애란은 완벽한 독립 가구를 이루었다.

아울러 주소지는 양재동에 있는 석사장의 의류 가게로 했다. 그곳은 석 사장에게 미리 양해를 구해 났기 때문이다.

모든 일을 순조롭게 잘 처리한 나애란은 은수장 모텔에서 평소보다 더 열심히 일해 주었다. 매일 하는 시트커버의 세탁과 갈아 끼우는 일, 객실의 청소, 샤워장과 욕실 청소에다 손님들의 심부름 등 쉬운 일이면서도 고달픈 일이었지만 성실히 했다.

505호실에서 여러 차례 통정을 했던 손님은 아직도 연락이 없었다. 돌이켜 생각해 보니 석 달이 넘었다. 두 사람은 꽤나 많은 밤에 몸을 섞어 성의 유희를 했지만, 서로가 성도 이름도 알려고 묻지도 않았다. 그저 밤을 보내고 나면 두툼한 봉투를 주었고 나애란은 그녀의 가슴에 달린 5번 아줌마였으며, 남자는 505호실 손님이었을 뿐이었다. 나애란도 505호실의 손님을 구태여 기억해 두려 하지 않았다. 물 위를 지나가는 배이거니 여길 뿐이었다. 그랬기에 그 손님을 더는 기다리지 않기로 했다.

주인아주머니는 나애란을 별난 여자라고 치부했다. 그런 치부도 나애란은 상관함이 없이 주어진 일만 했다. 돈을 모으는 것도 좋지만 몸뚱이를 던져서까지 더는 돈을 모으고 싶지는 않았다. 차라리 기둥서방이라도 정해 놓고 사는 게 낫지, 하는 서글픈 생각도 들었다. 어쨌거나 이런 데를 직장이라고 여겨 일하고 보수를 받는다는 게 뜨듯한 일 같지는 않았다. 그래서 날을 잡아 석 사장을 찾아가 보기로 했다. 명분 있는 일자리를 잡아 안착한 생활을 해야 하겠다는 생각이 절실해서였다.

13. 거듭하는 변신

　　어느덧 한 해가 저물어가면서 크리스마스 때 요란스럽게 울리던 징글벨 소리도 멈춘 거리는 조용했다. 그러나 사람들은 한해의 끝자락에서 송구영신을 위한 분주함으로 활기가 넘쳐 보였다. 나애란도 그들 틈에 끼어 거리로 나갔다. 석명수 사장을 만나 인사도 할 겸 앞으로 살아갈 방도에 대한 정보나 조언을 받아볼까 해서였다. 부평역에서 1호선, 2호선, 3호선을 차례로 번갈아 타고 양재역에서 내렸다. 다렌에서 석사장이 가르쳐 준 대로 꽃시장 맞은편 길 건너 〈사계절의류상회〉가 눈에 띄어 금방 찾을 수 있었다. 나애란이 상회 문을 열고 들어서자 석 사장은 매장 한 코너의 테이블에 앉아 장부를 살펴보고 있다가 고개를 돌려 보더니 반색을 하며 나애란에게로 다가오며 말했다.

"아니! 이게 누구요? 나애란 씨 아닙니까?"

"기억하고 계시네요."

"기억하다마다요. 언제 오셨죠?"

"온 지는 벌써 2개월이 넘었네요."

"그런데도 연락 한 번 주시잖고. 어디서 어떻게 지내시기에… 반갑습니다. 아무튼 잘 오셨습니다. 이리로 오세요."

가게 안쪽에 있는 사무실로 함께 들어가 몇 개의 의자가 가지런히 놓인 테이블 앞에 마주 앉았다.

"급한 대로 숙식을 해결하기 위해 임시로 일을 하고 있어요. 한국의 사정을 잘 모르니 염치없지만, 사장님이 전처럼 좀 도와주셔야 하겠습니다."

"그래요. 마침 잘 오셨네요. 우리 상회에 오셔서 일 좀 해 보실래요? 마침 점원을 한 명 구하는 중이에요. 월수는 2백이고 2층에 방이 따로 있어 거기서 숙식을 하시면 돼요. 아시다시피 저는 중국에 자주 왕래하므로 이애란 씨 같은 분이 꼭 필요하던 참이었어요. 옌지에서나 다롄에서 가게 일을 보신 경험도 있는 것으로 압니다만."

"그래 주신다면 저야 감지덕지하지요. 감사합니다. 열심히 성심성의껏 해 보겠습니다."

"그럼, 언제부터 오실래요?"

"내일이라도 올 수 있습니다."

"더욱 잘됐네요. 내가 없을 적에는 조카인 진수가 전무 일을 보고 있으니 물어 가면서 일을 하면 잘 될 겁니다. 그런데 참, 지난달에 다롄에 갔더니 친구 되시는 차홍실 씨가 한국에 가고는 통 소식이 없다고 궁금해하던데요."

"그동안 경황이 없어 연락 못 했는데 자리 잡히는 대로 연락하지요. 다롄에 가시거든 안부 전해 주세요."

"네, 그러지요. 연초에 랴오닝성의 다롄과 선양을 거쳐 지린성의 장춘과 옌지까지 들렸다가 흑룡강성에 있는 하얼빈까지 화장품을 보급해 주고 수금도 해와야 하므로 그때 가서 안부 전하지요."

나애란은 친구 차홍실의 집에서 우연히 석명수 사장

을 만나 다롄에서 집도 소개해 주고, 한국에 이민을 오도록 주선해 준 것부터 현재에 이르기까지 진심으로 도와준 것을 생각할 때 한없는 고마움과 존경심을 갖고 의지하게 되었다.

나애란은 그다음 날로 은수장 모텔을 나와 사계절상회로 짐을 옮겼다.

이렇게 해서 나애란은 석 사장이 경영하는 의류도매상에 취직을 하여 안정된 생활을 하고 있었다.

석 사장의 조카 석민성은 젊은이답게 활달하고 부지런했으며 일 처리도 능수능란해 전무로 삼촌의 신임을 받고 있었다.

나애란도 중국에 있을 때 동북 3성을 주유하다시피 해가며 직장 생활을 해 온 경험이 있어 젊은 여종업원보다 판매실적이 좋았다. 그러니까 석 사장이 영업을 위해 거래처를 가서 한두 달씩 상회를 비워도 걱정할 필요가 없었다.

나애란은 사계절 빌딩 5층 건물의 2층에서 방 한 칸을 석 사장으로부터 제공받아 혼자 살림을 하면서 의류판매와 따로 입구 쪽의 화장품 가게 일도 돌봐 주면서 열심히 일을 했다.

석 사장은 아내와 사별한 지 5년이나 됐지만 재혼을 하지 않고 혼자 지냈다. 자식은 남매를 두어 모두 결혼을 했고 둘 다 부산에서 산다고 했다.

이렇게 일 속에 묻혀 2년을 보낸 어느 날 전무인 석민성이 결혼식을 올리고 신혼여행을 떠난 다음 날이었다.

석씨 집안의 친인척들이 모여 회식을 하고 모두 떠난 다음 석 사장의 형만 남아 있었는데, 나애란과 동생 석명수 사장을 불러놓고 셋이 앉은 자리에서 말했다.

"내가 알기로는 나애란 씨도 동생이나 마찬가지로 혼자이신 모양인데 재혼을 해서 합가해 사는 것이 좋을듯한데 어떻게 생각합니까? 동생의 사업도 그렇고."

나애란은 뜻밖의 질문을 받고 그저 다소곳이 웃음만 짓고 아무 말을 하지 않았다.

석 사장의 형은 동생에게도 재혼의 권유를 했다.

"글쎄요."

동생 역시 어정쩡한 대답을 했다.

"둘 다 그만큼 지내 왔으면 알 것은 다 알고 있을

테니 유수 같은 세월 헛되이 보내서야 되겠나. 서로 편하고 의지하며 살아야지. 남은 인생 그렇게 긴 것도 아냐. 남이 대리로 살아주는 것도 아니고. 좋은 소식 하루 빨리 전해 주기 바라면서 나는 지금 집(대구)으로 내려갈 참이다."

 석 사장과 나애란은 형의 간곡한 당부대로 그날로부터 얼마간 후에 재혼 수속을 밟고 합가를 했다.

 사계절 건물 2층에서 제2의 신접살림을 두 사람은 시작한 것이었다.

 신혼 생활만큼이나 행복한 나날이었다. 의류상과 화장품 가게도 잘 운영되었다. 세월이 어떻게 흘러가는지도 몰랐다. 재혼하기 전 5년의 세월과 재혼 후 5년 도합 10년의 세월은 꿈처럼 지나갔다.

 그런데, 이게 무슨 운명의 장난일까! 그렇게 건강하던 석명수 사장이 고혈압으로 쓰러지더니 끝내 회복을 못 하고 세상을 떴다.

 이렇게 되자 회사와 건물은 부산에 사는 석사장의 자식 남매와 조카 석민성에게 운영권이 넘어갔다. 나애란은 화장품 가게를 넘겨받게 되어 그것을 운영하며 살고 있었다.

　이제는 그 옛날의 순이를 찾아볼 수가 없다. 이제는 성도 이름도 달라진 나애란으로만 존재할 뿐이다. 그런 그녀의 기구한 운명과 팔자를 딛고 걸어온 길을 아는 이는 아무도 없다. 그녀 역시 구태여 그의 살아온 파란만장의 삶을 어느 누구에게도 입 한 번 열어 보지 않았다. 그러나 단 한 사람 어린 시절 동네 앞 실개천에서 물놀이할 때부터 잘 지내 온 차홍실만이 나애란의 사생활을 거울 들여다 보듯 알고 있을 뿐이다.

　홍실가 순이를 잘 알 듯 순이 역시 홍실이의 사생활을 잘 안다. 둘은 중국과 한국 어디에 가 있어도 서로 연락하며 살아왔기 때문이다. 둘은 친자매처럼 잘 지낸다. 그러나 순이의 남성 편력은 홍실이 다 알고도 모르는 척하고 지낸다.

14. 이글루의 하룻밤

 이 같은 삶을 살아온 파란만장의 여인 나애란을 지용하 씨가 알 턱이 없기에 재혼을 해서 산다. 만약 지용하 씨가 나애란에 대해 그녀의 전력을 십 분의 일만 알았어도 재혼은커녕 만나지도 않았을 사이였다. 두 사람의 살아온 과정은 너무나 거리가 멀었기 때문이다. 그래서 "모르는 게 약이다"라는 속담이 현재 지용하 씨의 경우를 두고 하는 말일 것이었다.
 지용하 씨는 단순히 양자가 모두 부부간의 사별에 대한 상실증의 치유를 위해 지금 하는 긴 여행으로 선택했다. 그리하여 황혼의 들녘에서도 여생을 행복하게 유종의 미를 거두고자 한 것이다.

다음 날 퀘벡을 떠난 관광버스는 기나긴 세인트로렌즈 강에 단 하나 놓인 다리를 건너 뉴브런즈윅, 노바스코샤 등을 둘러보았다. 그리고는 다시 세이트로렌스 강을 건너와 북대서양 연안에 있는 래브라도반도의 뉴펀들랜드주에 있는 호프데일이란 도시에 닿았다.

지용하 씨는 호텔에 들어가기가 무섭게 침대에 드러눕고 말았다.

노바스코샤에서 아침 일찍 우유 한 컵을 마신 것이 원인이 돼 열 시간이 넘게 차를 타고 오는 동안 줄곧 복통에 시달렸다. 그는 급히 병원에 가서 치료를 받고 약을 먹었지만 더는 여행을 계속할 수가 없었다. 더구나 다음의 여행 일정은 헬리콥터로 데이비스 해협을 건너 북극권에 있는 그린란드행이었기 때문이다.

"어쩌면 좋지요!"

나애란이 수심에 찬 표정으로 지용하 씨를 보며 말했다.

"나 한 사람 때문에 여행을 중단할 순 없잖아. 나는 여기서 머물며 치료를 받고 있을 테니 일행과 함께 다녀와. 특히 그린란드는 일생에 두 번 갈 수 없는 곳이 아닌가? 별도리 없이 나야 포기하는 수밖에 없지만. 내일 이맘때 즈음이면 돌아올 테니. 뭐 걱정할 게 있어."

옆에 있던 여성 가이드도 그럴 수밖에 없다며 헬리=콥터 장으로 나가기를 서둘렀다. 할 수 없이 나애란은 남편을 두고 혼자 떠났다.

여행객 15명이 분승된 헬리콥터는 호프데일 비행장을 곧 이륙했다.

날씨는 청명했고 데이비스 해협의 상공을 날 때는 온 천지가 햇빛으로 눈이 부셨다. 약 팔백 미터 상공을 나는 헬리콥터에서 내려다보이는 풍경은 바다인지 육지인지 구별조차 못 하고 그저 하얗게만 보였다.

때는 11월 중순!

벌써 겨울의 한복판에서 생전 처음 오는 손님을 위해 북극권의 툰드라는 차갑게 가라앉은 침묵으로 여행객을 맞이하고 있었다.

서너 시간 정도로 느껴지는 때 그린란드의 중앙부에 위치한 우페르나빅에 착륙했다.

아슴한 어둠이 엷게 깔린 공항을 빠져나오자 순록이

끄는 수레가 대기하고 있었다.

　관광객들 속에 묻혀 나애란도 순록이 끄는 수레를 탔다.

　가이드의 안내를 받고 여행객들은 순록이 끄는 수레를 타고 간 곳은 광대한 허허벌판에 팽이를 엎어놓은 듯한 얼음집 앞이었다. 지금은 대개 원주민인 에스키모인과 유럽인 간에 생긴 혼혈족이 많지만, 이 마을은 순수한 에스키모인만 사는 마을이었다. 가이드는 여행객들에게 한 집씩 안내해 준 다음 조종사와 승무원 한 명과 함께 그들 숙소로 떠났다. 에스키모 인들이 사는 이 집은 이글루라는 얼음집으로 한 가호당 방이 두 개씩 있었다.

　이번 여행단에는 유일하게 여자로는 나애란 한 명뿐이었다.

　가이드는 그들의 숙소로 떠나며 당부하는 말을 잊지 않았다.

　"여러분이 배정받은 숙소에 들어가신 후부터 그 집주인의 생활 풍습에 따르기만 하면 됩니다. 꼭 명심해 주세요."

나애란은 귀동냥으로 들은 '로마에 가면 로마법을 따르라.'는 말이 기억나 무슨 철없는 이야기냐 싶어 혼자 웃었다. 곧 배정받은 이글루 문전에 다가서자 젊은 주인 내외가 드리워진 털가죽 문을 열고 나와 집안으로 안내했다. 주인 내외는 참으로 친절하고 상냥하게 대했다. 방 안은 꽤나 넓었고 얼음벽은 짐승의 털가죽으로 둘러쳐 놓아 훈훈했다.

전깃불이 없었지만 기름 등잔의 불빛은 밝았다.

아장아장 걸음걸이를 하는 아기를 남편에게 안겨 주고 저녁 식사 준비를 한 젊은 아주머니는 금세 식탁 가득 저녁상을 마련했다. 토끼 고기와 대구국에 청어구이, 그리고 근채류를 무친 나물에 고슬고슬한 밥을 양은 그릇에 담아 놓았다. 식사를 하며 애란은 주로 손짓과 얼굴 표정에다 영어를 웬만큼 할 줄 알아 의사소통은 어느 정도 가능해져 금세 가족 같은 분위기가 되었다. 칸막이로 나눠진 두 칸의 방은 짐승의 털가죽으로 가려진 쪽문으로 드나들게 돼 있었다.

주객이 함께 식사를 끝내고 한동안 이야기를 나누다가 잠자리에 들게 되었다. 아기를 안은 여인은 짐승의 털가죽이 드리워진 쪽문을 열고 자기 남편과 나애란의 등을 밀어 함께 들여보내며 말했다.

"두 분이 함께 하룻밤이나마 즐겁게 보내세요."

나애란은 쪽문을 들어가다 말고 깜짝 놀라 우뚝 섰다.

"왜 그러세요?"

아기 엄마가 오히려 놀라며 나애란을 똑바로 보며 말했다.

나애란은 영문을 몰라 엉거주춤 서 있을 때 아기 엄마가 살포시 웃으며 말했다.

"아, 놀라시지 마세요. 이곳의 전통적 생활 풍습이에요. 여행객이 여자분일 때는 남편이, 남자분일 때는 아내가 동침하게 돼 있어요, 그게 여행객에게 베푸는 최고의 서비스니까요."

그제야 가이드가 하던 말이 생각났다.

그녀는 얼떨결에 젊은 남자와 하룻밤을 한 방에서 보내게 되었다.

물론 이 같은 해괴한 풍습은 같은 그린란드였어도 특수한 지역에만 있었다.

바로 이곳이 그 특수지역이었다.

애란은 만감이 교차되는 가운데 본의 아니게 사내와 동침을 하게 되었다.

젊은 남자는 나애란과 함께 나란히 눕자마자 애란을 힘주어 끌어안고는 그의 단단하게 부풀어 오른 물체를 거리낌 없이 나애란의 깊숙한 곳에 밀어 넣었다. 나애란도 오랜만에 젊은 사내의 그것이 몸속 깊이 디밀어졌을 때 금방 오르가슴에 도달하며 걷잡을 수 없는 쾌락에 몸부림을 쳤다.

사내는 그런 애란을 더욱 힘주어 끌어안았다. 애란도 더 참을 수 없어 사내가 하는 대로 가만히 두었다. 드디어 애란도 관능의 쾌락에 함몰되었다. 애란은 이빨이 시큰했다. 절로 토해지는 괴성을 참느라 이빨을 꼭 다물었기 때문이다. 이런 행위는 북극의 긴 하룻밤을 시간 가는 줄 모르게 했다. 사내는 수차례에 걸쳐 많은 운우를 쏟은 후 새벽에서야 깊은 잠에 빠졌다. 그러나 애란은 잠 한숨 자지 못하고 밤을 밝혔다.

만 가지 회포가 필름처럼 지나갔다. 초혼에 이혼당한 후 자의든 타의든 수많은 남성 편력을 겪은 애란이었지만, 간밤의 일은 너무나 꿈만 같았다.

이 풍진 세상 세파에 휩쓸려 살아오며 성도, 이름도 달라진 심순이가 나애란이로 변모해 왔으나 간밤에 이루어진 젊은이와의 관계는 아무리 생각해도 꿈만 같았다.

왕년의 명 여배우 김 아무개는 여섯 번째 결혼을 하고도 죽기 전에 일곱 번 결혼해 보는 게 소원이라 했지만, 나애란은 그 이상의 남성 편력을 가졌건만 이번만은 참으로 뜻밖이었다. 행복하고 달콤한 하룻밤이었다.

이상하게 윤리 도덕면에서도 지금 남편인 지용하 씨에게 부담감도 들지 않았다. 나애란은 옷을 챙겨 입고 머리를 손질하고 얼굴을 다듬은 다음 사내가 깊은 잠에 빠진 것을 보고 애란은 발이 드리워진 쪽문을 배시시 열었다.

젊은 여자는 새록새록 잠자는 아기를 두고 벌써 일어나 화장을 말끔히 하고 앉아있다가 일어서며 애란을 보고 말했다.

"굿모닝!"

애란은 머쓱한 표정으로 그녀를 똑바로 보기가 민망

해 고개를 떨군 채 인사했다.

"예스 써! 나이스 투데이!"

젊은 여자는 조금도 언짢은 표정 없이 애란을 대했다.

여자는 두툼한 털옷을 애란의 어깨에 걸쳐 주며 말했다.

"나가세요! 이왕 오셨으니 주변 경관이나 구경하며 한 바퀴 돌아오세요."

애란은 그녀를 따라 이글루를 나섰다. 당나귀만큼이나 큰 개 네 마리가 썰매를 끌기 위해 대기하고 있었다.

두 사람이 나란히 썰매에 올랐을 때 애란이 물었다.

"아기는 어쩌고, 그리고 아침은요?"

"오늘과 같은 날 아침 식사는 남편이 준비하게 돼 있어요. 아기도 보면서요."

젊은 여자는 반질거리는 손잡이의 막대 끝에 매인 긴 채찍을 한 번 들었다가 뿌리치자 '따닥' 하는 소리가 났다. 그 소리와 함께 여자는 "렛츠고!" 하고 큰 소리를 지르자 허스키 개 네 마리는 달리기 시작했고 하늘에서

14. 이글루의 하룻밤 151

는 눈발이 간간 흩날렸다.

"눈이 오려나 봐요?"

"괜찮아요. 이곳 날씨는 연중 이런 날이 많아요."

"개가 참 예쁘고 건강해 보여요."

흰털 바탕에 검고 황갈색의 털이 섞인 개의 옷은 참으로 아름다웠다.

"개 이름이 뭐죠?"

"허스키- 원, 투우, 쓰리, 포르 4형제예요, 늑대의 기질이 있어 용감하면서도 순하고 착해요. 자동차 이상의 일도 해내고요."

반 시간가량 은반 위를 달렸을 때 곧게 뻗어 자란 나무숲이 나타났다. 리기다소나무로 툰드라 지대에서도 육성되는 나무숲이라 했다. 그 사이로 허스키 4형제는 잘도 달렸다. 띄엄띄엄 보이는 이글루들이 빙판 위에 엎어 놓은 팽이처럼 보이는 곳에는 에스키모인들이 아침 일찍 나와 빙상 낚시질과 토끼와 곰사냥을 하는 모습이 보였다.

허스키 4형제가 끄는 썰매를 타고 하얀 눈이 쌓여 허스키 4형제의 발목을 덮는 설원 위를 근 2시간가량

돌아보았을 때는 허스키 형제들은 털이 땀에 배여 촉촉이 젖어 있었다. 한참을 정신없이 돌다 보니 방향감각도 잃고 말았다. 사방을 둘러보아도 빙판과 하늘이 맞닿은 수평선이자 눈만 덮인 지평선뿐이었다. 그러나 허스키 4형제는 용하게도 집을 찾아 되돌아와 주었다. 두 여인이 돌아와 집안에 들어섰을 때는 그녀의 남편이 아침상을 차려놓고 기다렸다. 어제저녁이나 마찬가지로 메뉴야 비슷했지만 셰프 솜씨는 달라 식사를 맛있게 했다. 나애란은 그런 젊은 부부를 보면서 마치 이상한 나라에 온 앨리스가 아닐까 하는 생각이 들기도 했다.

남녀 관계에서의 질투심은 부처님도 돌아선다는 말이 생각나서였다.

그것도 한 집 안에서 서로 끌어안고 자던 그 남편에게 다른 여자와의 관계를 허용한다는 게 이해가 되지 않았다. 남정네들이 외박으로 오입을 한다는 것은 흔한 일이라 여겨도 민낯을 대고 얼굴을 빤히 보면서 제 남편을 생면부지의 여자에게 바친다는 것은 애란에겐 충격적이었다.

하지만 그런 생각은 다음 일정에 오르면서 곧 지워

졌고, 그 가족과 헤어져 헬리콥터를 탔다. 우페르나빅 공항에서 헬리콥터를 타고 하룻밤을 묵었던 이글루의 상공을 날고 있을 때 나애란이 내려다보니 숙식을 함께 했던 세 가족이 밖에 나와 헬리콥터를 향해 손을 흔들어 주고 있었다. 나애란이 그들의 모습을 보노라니 혼자 명치끝이 시큰해지며 절로 눈시울을 적셨다.

세 대의 헬리콥터는 인근에 있는 섬의 상공을 나르며 고공 관광을 시킨 후 곧 캐나다의 뉴펀들랜드주 호프데일에 귀착했다. 나애란은 호텔로 돌아왔다.

다음 날 온타리오주의 리치먼드로 돌아온 후 약 열흘이 지났을 무렵이었다. 또다시 중미의 워싱턴, 뉴욕, 달라스 등을 일주일에 걸쳐 돌아보았고, 도미니카공화국까지 가서 넓고 길게 펼쳐진 해수욕장이 있는 해변 호텔에서 일주일을 머물다 돌아왔다. 이렇게 여행하다 보니 가을과 겨울을 한꺼번 보냈고 봄이 돼서야 귀가했다.

15. 욕망과 쾌락 뒤에 오는 것

오래간만에 귀가해서 어느 날 아파트의 응접실 테이블에 부부가 마주 앉았다.

우전차를 끓여 내온 찻잔에선 아직도 김이 아지랑이처럼 피어오른다.

지용하 씨와 나애란은 서로 빤히 바라보다가 지용하 씨가 먼저 말을 걸었다.

"외국 여행을 다녀온 소감은 어떻소?"

"저는 중국과 한국에서 살아봤지만, 여행이라곤 해본 적이 없었어요. 그런데 국내나 국외의 많은 곳을 다녀오고 보니 그 기쁨과 즐거움을 이루 다 말할 수 없네요. 그렇게 해 주셔서 고마워요.”

"그래요. 나도 외교관이란 공직에서 주로 유럽 쪽만 돌아다니다가 북미나 중미를 여행하고 보니 감회가 깊네요. 그러나 어느 대기업의 총수가 '세상은 넓고 할 일은 많다'라고 했지만, 세상은 넓어도 내가 할 일은 아무것도 없구나 하는 생각도 들어 오히려 서글픈 생각도 지울 수 없네요.”

"세상살이 세월에 맡겨 두고 낙천적으로 살아가야지요.”

"그랬으면 좋겠는데, 친구들의 부음을 들을 때마다 엷어지는 저녁놀 아래 어둠의 파도가 밀려오는 듯해서 인생무상을 절감할 때가 많아요. 더구나 나이가 들수록 해 가고, 달 가고, 바람 불어 구름 가니 세월 가기 바쁜지라…?”

그렇게 말하고는 다 식은 찻잔을 들며 나애란을 쳐다보았을 때 그녀는 열린 핸드폰에서 열심히 카톡을 들여다보고 있었다.

"……?”

지용하 씨는 마시려던 찻잔을 가만히 놓고 자서전

원고를 쓰던 자기 방으로 들어가 버리는 것이었다.

재혼하고 2년을 넘기고 3년째를 맞아 무르익는 봄의 기운이 점차 두터워져 가는가 싶더니 어느 사이 초여름의 문턱에 와 있었다.

해외여행을 다녀온 지도 한 계절이 스쳐 갔다.

지용하 씨는 베란다 앞에 펼쳐놓은 간이침대에 모로 누워 지그시 눈을 감고 있었다.

며칠 후 외교 클럽에서 있을 교양 강좌에 특강 준비를 하느라 밤을 새웠기 때문이다.

그는 해외여행을 다녀온 후론 여러 곳의 강의를 나가는 외에는 집에서 줄곧 자서전 발간 준비를 하느라 책상에 붙어 있었다. 반면 나애란은 연사흘도 집에 붙어 있는 날이 없었다.

아침을 먹고 나면 화장대 앞에서 근 한 시간 동안 화장을 한 뒤 핸드폰을 열어 카톡을 들여다본다. 연신 누군가에게 메시지를 보내고 받다가 지용하 씨의 점심밥을 짓고 상을 차려놓는다.

그러고는 옷장을 연다. 옷장에는 밍크코트 한 벌 외에는 그렇게 값비싼 옷은 아니지만 세련된 옷가지들이 옷장 가득 진열돼 있다.

 그중에서 늦봄이라 계절 감각에 맞는 가벼운 옷 몇 가지를 고른다. 거기서 될 수 있는 대로 젊은 중년층에 맞는 가볍고 청순해 보이는 캐주얼웨어를 택했다. 그녀의 키는 보통이지만 날씬한 몸매라 실 나이보다 십 년은 아래로 보이는 사십 대의 중년층쯤 돼 보였다. 바지 끝단도 풀어진 실올들이 발등을 덮은 청바지였다, 윗옷은 붉은 보라색 실크 셔츠를 입고 엷은 녹색 스카프로 목을 두른 뒤 청색이 곁들인 카키색 바바리코트를 걸쳤다, 그러나 아무래도 나이를 속일 수 없는 게 이마의 주름이다. 가뭄에 논바닥 갈라지듯 패인 이마의 주름은 파운데이션과 선크림으로 페인트칠하듯 해 놓고 보면 그것도 잘 캄푸라치된다. 올림머리에 보일 듯 말 듯 한 귀고리도 걸었다. 반달같이 그린 눈썹에 아이섀도를 하고 표나지 않게 연분홍 립스틱도 발랐다.

 이렇게 화장을 끝낸 얼굴 모습은 살짝 바른 연지 곤지와 함께 어울린 화사한 밝은 표정이었다.

 이쯤의 차림이면 남녀를 막론하고 나애란에게 시선을 보내기 일쑤일 게다. 뛰어나게 예쁜 편은 아니었지만 첫 만남에 인사라도 나누고 나면 누구나 "미인이시네요" 하는 말이 절로 튀어나오는 게 상례였다.

그런 칭찬을 들을 때면 "별말씀을요" 하고 겸손한 태도를 보여야 할 것임에도 "감사합니다"라는 말로 자기를 과시하는 태도를 보이기도 한다.

그런 나애란이 한껏 몸치장을 하고 방문을 열고 응접실에 나와 보니 남편 지용하 씨는 여전히 베란다 앞 간이침대에 모로 누워 눈을 감고 있었다.

"오늘도 집에 계실 거지요?"

나애란의 목소리에 지용하 씨는 누웠던 자세에서 반쯤 몸을 일으켜 나애란을 향해 말했다.

"그래요. 밤잠을 설쳤더니 좀 피로하네요. 오늘도 모임이 있나 봐요? 다녀와요."

"오늘은 어느 노인정에 위문공연 간다고 노래 연습하러 오라나요! 점심밥은 지어놨고 상도 차려놨으니 잘 챙겨 드세요!"

"그러지요. 알았소."

나애란이 아파트 문을 나서는 뒷모습을 유심히 바라보던 지용하 씨는 달포 전부터 '사흘이 멀다' 하고 외출이 잦은 아내가 이상하다는 생각이 문득 들었다.

평범한 옷차림이기는 하나 외출 때마다 전날 외출 시 입었던 옷을 그대로 입고 나가는 일도 없었다.

'늦바람이라도 났나? 하기야 나보다 십 년 연하인데다가 오목조목 갖춘 예쁜 얼굴에 침 흘리는 사내도 더러 있겠지? 예끼! 무슨 그런 망칙한 생각을 …'

지용하 씨는 다시 침대에 모로 누워 창밖을 무심히 바라보다가 자기도 모르게 깊은 잠에 빠졌다.

그쯤의 시각에 나애란은 집을 나서자마자 전철을 탔다. 이제는 뒤돌아보지 않아도 되었다. 근 달포가 넘게 지용하 씨 몰래 이종규를 만나 왔지만 조금도 낌새를 채거나 의심하는 눈치가 보이지 않았기 때문이다.

나애란은 전철 안에서 자리를 잡고 앉았을 때 폰에서 '깍꿍' 하는 신호가 왔다.

'종로 3가에서 3호선을 갈아타고 독립문역으로 오는 것 알지. 10시에 거기서 기다릴 테니 누나 잊지 마. 역 뒤편 안산 등산로 숲길은 절경이야. 늦지 않게 와야 해,'

그날 그 시각에 애란과 종규는 1분도 지체되지 않은

시각에 둘이 만나 안산자락길을 서로 손을 잡고 걸었다. 평일인지라 등산객은 별로 보이지 않았다.

산을 오르는 길은 돌계단, 혹은 나무계단으로 이어지다가 나무뿌리가 드러나 있는 흙길이었다. 산을 오르는 길은 갈지(之)자 모양으로 구부러져 있기도 하고 나무계단으로 돼 있어 가파른 길도 오를 수 있었다. 또한 오르는 곳곳에는 쉬어갈 수 있는 정자도 있었다.

두 사람이 7부 능선쯤 올라갔을 때 왼쪽으로 우거진 숲 사이로 오솔길이 나 있어 그 길로 들어섰다. 그 오솔길은 사람들이 별로 다니지 않은 모양으로 길바닥에는 잡풀이 자라 발등을 덮었다.

오솔길을 걷는 동안 간간이 엷은 바람이 지나갈 때마다 풀 향기가 콧속을 파고들어 상쾌한 기분이 들었다.

맑은 햇살은 흔들리는 나무 사이로 번져 들었고 철쭉꽃은 무더기 무더기로 만개해서 군락지어 있었다.

군락을 이룬 철쭉꽃과 함께 노란 개나리도 함께 피어 울타리 된 곳에 편편한 잔디밭이 있었다. 그곳은 엷은 그늘 사이로 햇살이 깔려있었다.

그곳에다 종규는 준비해온 넓고 폭신한 매트리스를 펴놓았고, 애란은 가져온 음료수와 간식을 풀어놓았다. 오리나무와 굴밤나무 등 잡목들이 어우러진 숲속에선 멀리서 뻐꾸기 우는 소리가 간간 들릴 뿐 조용했다. 그 조용하기 짝이 없는 숲속에 조금 전 독수리 한 마리가 아니 멀리 오리나무 끝에 날아와 앉는 모습이 보였다.

두 사람은 나란히 앉아 맥주를 서로 권하며 마셨고, 깎은 과일을 들었다.

"오랜만에 산에 나와 보니 기분도 상쾌해서 좋아. 누난 어때?"

"나라고 다르겠니. 자연 속에 묻히니 네가 더 좋아 보인다."

종규는 애란의 말에 갑자기 팔을 벌려 애란을 꼭 껴안았다.

애란도 종규를 껴안고 입술을 몇 번 부빈 다음 종규를 빤히 보며 말했다.

"종규야, 내가 좋아?"

"그래, 좋아요."

"어디가 좋으니?"

"모두 다 좋아."

두 사람은 폭신한 매트 위에 나란히 누웠다.

"저어기 좀 봐. 오리나무 가지에서 독수리가 우리를 보고 있어."

종규도 애란이 팔을 뻗은 손가락으로 가리키는 곳의 독수리를 쳐다보았다.

"많이 보고 있어라. 우리가 얼마나 사랑하는지."

"아까는 한 마리였는데 두 마리잖아? 저들도 사랑하는 사이인가 봐?"

"그래. 한 쌍이구먼. 언제 만났지?"

독수리 한 쌍은 나뭇가지에 앉아 서로 깃털을 다듬어 주다가도 두 사람을 내려다보기도 했다.

종규는 애란을 와락 끌어안고는 폭신한 매트리스 위에 누웠다. 두 사람은 나란히 누워 서로가 바지를 내려 주고 애란이 가져온 넓은 타월로 두 사람의 벗은 아랫도리를 덮었다.

둘은 서로의 팔을 베고 나란히 누웠다.

하늘엔 뭉게구름이 몇 장 떠 있다. 나무 끝으로 바람이 지나갈 때마다 나뭇잎이 흔들린다. 흔들리는 푸른

15. 욕망과 쾌락 뒤에 오는 것 163

잎 사이로 반짝이는 햇살이 두 사람의 얼굴을 비추었다가 사라지곤 한다. 둘은 서로 팔을 걸어 모로 안았다, 금시 온몸이 달아올랐다. 실내가 아닌 야외에서 갖는 행위는 그 어떤 때보다도 관능의 희열을 갖게 했다. 둘은 하나가 되어 갖가지 동작을 연출해 가면서 수없는 성의 쾌감을 만끽했다. 이들은 나이와는 상관없이 몇 차례나 오르가슴을 가져 그를 때마다 종규는 운우를 쏟았고, 애란도 분비물을 여지없이 뿜어냈다. 그렇게 함으로써 온몸은 땀과 함께 피로가 그들의 전신을 엄습했다. 드디어 둘은 하던 행위를 멈추고 나란히 누웠다. 애란은 걷어진 넓은 타월로 두 몸의 아랫도리를 덮었다. 그리고 소르르 잠이 들었다.

꽤나 시간이 흐른 후였다.

애란은 잠결에 발등에서부터 다리로 뭔가는 차가운 느낌을 주면서 스멀거림이 허벅지로 전해짐을 느꼈다. 무의식 상태에서 손으로 다리를 더듬었다. 역시 손바닥에서도 차갑고 미끈거렸다. 그 순간 허벅지가 따끔해지며 심한 통증이 왔다. 깜짝 놀라 벌떡 일어나 보니 꽤나 큰 뱀이 허벅다리를 물고 있는 것이었다. 애란은 기겁해 소리 질렀다.

"아야! 아야! 어머나 나 좀 살려!"

잠들었던 애란이 온몸을 뒤틀고 펄펄 뛰며 기절초풍을 하면서 소리를 질렀다.

옆에 자던 종규가 놀라 잠을 깨 애란을 본 순간 그가 더욱 놀랐다.

애란이 기절초풍을 하며 반나체의 몸을 흔드는 허벅다리에 꽤나 큰 뱀이 물고 늘어져 있지 않은가!

"이럴 수가 있나! 독사다!"

종규는 엉겁결에 맨손으로 뱀을 낚아챘다.

뱀은 찐득하면서 애란의 허벅지에서 떨어졌고, 떨어진 뱀은 종규의 뿌리치는 힘에 의해 공중 높이 떠올랐다.

두 사람은 공중 높이 뜬 뱀을 바라보았다.

그 순간! 오리나무 가지에 지금까지 앉았던 독수리 한 마리가 공중에 뜬 뱀을 눈 깜짝하는 순간 낚아챘다.

뱀을 채서 공중 높이 날아오르는 독수리를 함께 앉았던 독수리가 그 뒤를 따라 날고 있었다.

두 사람은 날아가는 두 마리의 독수리를 멍하게 바

라보다가 정신을 차렸다.

애란은 그제야 뱀에 물린 허벅지가 욱신거리면서 통증이 심해짐을 느꼈다

"빨리 병원으로 가자. 많이 아프지? 얼마나 놀랐겠어!".

종규의 말에 애란은 지금도 새파랗게 질린 표정으로 온 전신을 떨고 있었다.

둘은 옷을 입기가 무섭게 종규가 애란을 잡고 급히 산에서 내려오자마자 종규의 차에 태워 가까운 병원으로 갔다.

병원의 의사가 말했다.

"어쩌다 물렸지요, 그 깊은 곳을. 산에 가실 땐 조심해야 하는데. 독이 많이 퍼졌어요. 하지만 치료 자주 받고 약 드시면 곧 나을 거예요."

의사는 그렇게 말해 놓고 나애란을 쳐다보며 농담 한마디를 덧붙였다.

"그놈의 독사가 수컷이었나 보죠." 하며 빙그레 웃었다.

나애란은 뱀에 물린 채로 잠이 들었으니 독이 많이

뻗쳤으리란 생각에 걱정이 되었지만, 의사의 말에 안심을 했다.

그날 집으로 돌아온 나애란은 통증이 심했지만, 꾹 참고 내색하지 않았다.

남편 지용하 씨에게 독사에 물린 사실을 감추기 위해서였다.

나애란이 다른 때 보다 일찍 돌아온 것을 보고 지용하 씨가 말했다.

"오늘따라 노인정 위문공연은 일찍 끝났던가 봐요."

"네, 날씨가 따뜻해지니까 바깥으로 나가시는 노인들이 많은가 봐요. 그래서 몇 안 되는 노인들 모시고 점심 식사 대접만 해 드리고 돌아왔어요."

거짓말도 할수록 는다고 이제는 말 둘러대는 선수가 되었다.

나애란은 허벅지에 통증이 심했지만, 꾹 참고 내색함이 없이 차 대접과 저녁 식사 준비도 여느 날 다르게 성의껏 상차림을 해서 함께 들었다.

지용하 씨는 별다르게 이렇다 말없이 여느 날이나 마찬가지로 나애란을 대했다.

그러나 나애란은 독사에 물린 것은 불륜을 저지른 벌이 아닌가 하는 죄책감도 들었다.

나애란은 다음 날도, 그다음 날도 병원에 들러 독사에 물렸다는 사실만 말하고 주사를 맞고 약을 사다 발랐다. 허벅지는 벌겋게 부어올랐고, 통증은 여전했다. 그런데도 꾹 참고 견디면서 집에 돌아올 때는 일부러 재래시장에 들러 반찬거리를 사 들고 돌아왔다. 지용하 씨의 의심을 사지 않기 위해서 그러는 수밖에 별도리가 없었다.

카톡에는 이종규가 수차례나 치료 경과를 묻는 문자가 떴다. 괜찮다고 짧게 답글을 보내고 나서 곧장 주고받은 문자를 모두 지웠다. 근 달포 가량을 고생하다가 허벅지엔 약간 붉게 독사의 이빨 자국만 남고 거의 나은 듯했다. 천만다행이라 생각했다.

16. 눈물로 젖은 편지

계절은 본격적으로 여름에 접어들었다.

날씨는 더운 날이 많았지만, 간혹 지나가는 소낙비가 더위나 미세먼지를 씻어줘서 맑고 쾌청한 날이 많았다.

나애란이 인근 재래시장에서 찬거리를 사서 들고 아파트 정문에 들어섰을 때 문서함에 편지 한 통이 꽂혀 있었다.

차홍실이 보낸 편지였다.

집에 돌아온 나애란은 소파에 혼자 앉아 편지를 뜯었다. 남편은 탈고한 자서전 원고를 출판사에 의뢰해 놓고 교정을 보기 위해 나가고 없었다.

'너의 편지 받아본 지도 1년이 넘었네. 한국에 간지도 벌써 수년이 지났으니 얼굴 모습도 많이 변했겠구나. 보고 싶다. 너의 아들 둘은 모두 짝을 만나 결혼식은 올리지 않았지만 네가 장만해 준 집에서 함께 잘살고 있더라. 우리 애들하고도 내왕하며 잘 지낸다. 내 외숙모는 작년에 별세하셨고 우리 내외도 아들 내외에게 가게 일을 맡겨 놓고 바쁠 때만 도와주고 있다.

남남끼리 서로 만나 여자로 태어났으니 여필종부 하며 살다 보니 육십 평생 어느새 여기까지 와 있네. 그렇게 자고 샌 삶의 시간이 세월이더라.

삶이 다 그런 게 아니겠나. 일해 돈 벌어 먹고살며 자식 낳아 기르고 별 탈 없이 부부 함께하며 건강히 지낸다면 그것이 행복이지 싶다.

순이도 늦게나마 좋은 분 만나 가정 꾸려 산다니 듣던 중 반가운 소식이었다. 나는 네가 한곳에 정착하지 못하고 동가식 서가숙의 생활을 할 때 늘 안타까움에 애처로움을 느껴왔었지. 내 친구 순이야. 아직도 살날 많으니 행복하게 살아라. 살아온 날은 이미 가 버린 시간이고 남은 시간은 살아갈 시간이 아니겠니. 삶이 뭐 그리 유별난 것도 아니겠지만 살아 있는 동안 꼭 한번 만나고 싶다. 야, 우리 함께 태어나고 자란 안산인들 생각해 뭐 하겠냐만 그래도 그런 시절 추억만은 반추하며 만나보고 싶다. 얘, 한 번 꼭 다녀가려무나 꼭 만날 그 날을 기다리며, 홍실이가.'

 순이 아니, 애란은 그 편지를 읽으며 눈물을 흘렸다. 가슴이 먹먹해 왔다.
 장춘의 홍실이 집에서 가족처럼 지내다가 정해진 곳도 없이 떠나는 순이를 위해 겨울옷과 노자까지 안겨주던 홍실이, 다롄에서도 마찬가지로 지냈던 홍실이. 그는 그야말로 세상에서 둘도 없는 친구였다. 그런 친구를 위해 나애란은 무엇을 해주었나. 하염없는 눈물만 흘렸다.
 나애란은 차홍실의 편지를 읽는 동안 흘린 눈물방울로 얼룩진 편지를 거둬 들고 일어섰다. 햇빛이 밝게 비쳐드는 창가로 갔다. 평소 남편이 누워 쉬던 간이침대로 가서 누웠다. 창밖의 여름 풍경도 눈물 어린 그녀의 눈엔 들어오지 않았다. 애란은 눈을 꼭 감았다.

무도장의 천정에는 수많은 별빛이 흩어지고 돌고 돌면서 번쩍거렸다.

쌍을 이룬 남녀가 서로 부둥켜안고 빙빙 돌며 춤을 추었다. 나애란도 이종규의 가슴에 안겨 춤을 추었다. 하얀 싱글의 실크 무도복의 반지르르한 촉감이 나애란의 아랫도리에 와 닿을 때마다 가슴을 뛰게 했다. 종규는 그것을 알아차리고 조근조근 그의 몸을 나애란의 뜨거운 몸에 밀착시킨다. 둘은 보드라운 입맞춤을 하고는 빙그르르 몸을 서로 한 바퀴 돈다. 슬로우, 슬로우. 퀵, 퀵……

"종규야, 내가 좋아?"

"응, 좋아. 새삼스럽게 왜 물어?"

"그냥. 너무 행복해서."

그렇게 말해 놓고 종규의 어깨너머로 무심히 눈길을 보냈을 때 '번쩍!'하고 전광석화와 같은 불빛이 눈에 튀겼다.

"아니! 저이가?!"

무도장 18번 좌석에 남편 지용하 씨가 앉아 나애란을 뚫어지게 바라보고 있지 않은가! 그의 눈빛은 엄나무 가시보다 더 날카로운 눈빛으로 애란을 쏘아 보고 있었다.

나애란은 자기도 모르게 종규를 와락 밀치고는 연미복 같은 무도복을 입은 채 무도장을 빠져나갔다. 그녀는 자신이 어디를 향해 달리는지조차 모르고 그저 달리기만 했다. 발길은 공중에 떴고 구름을 타고 가는 듯 훨훨 날고 있었다. 그의 몸에는 양 날개가 달려 있었다. 나애란이 고개를 돌려 흘끔 땅을 내려다보자 아득히 보이는 지용하 씨가 점 하나를 찍은 듯이 보이는 데도 목소리만은 또렷이 들려왔다.

"나애란! 어디로 가는 거야. 나와 종규 모두 두고 가는 거야."

나애란은 또렷하게 들리는 지용하 씨의 목소리를 외면하고 백로가 날아가듯 허공을 훨훨 날아갔다. 산, 내, 들을 넘고, 건너고, 가로질러 드디어 닿은 곳은 어느 납골당의 정문이었다. 나애란이 여러 사람 사이에 끼어 납골당 안으로 빨려 들어갔다. 들어간 통로의 양쪽 벽에는 수많은 영정이 안치돼 있고 그 옆에는 형형색색의 꽃송이가 한 송이, 두 송이 그 이상의 꽃송이들이 호리병에 꽂혀 있었다. 앞서 한참을 걸어가던, 부부인 듯한 젊은이 중 여자가 말했다.

"이 납골당을 들어서는 순간 이승 세계의 살았던 모습을 누구에게나 저렇게 자동으로 영정과 꽃송이가 함께 찍혀져서 안치된대."

"그럼, 우리들도 벌써 설치됐겠네."

"그럴 테지."

이번에는 나애란의 뒤에서 걸어오던 중년의 한 남자가 나애란을 보며 말했다.

"저 꽃송이의 개수는 생전에 부부 외적인 자와 관계를 맺었던 숫자래요. 10개의 꽃송이는 부부 외에 관계한 사람이 9명이라는 거예요."

그 말에 나애란은 잠시 생각했다.

'그럼, 나는 꽃송이가 몇 개나 될까?'

그 숫자가 금시 떠오르지 않았다.

나애란은 자기의 영정 앞에는 몇 개의 꽃송이가 놓여 있을 것인가를 생각하면서 행렬을 따라 걸었다. 그렇게 걷는 동안 점점 실내는 넓어지고 영정이 안치된 방은 수십 개가 되면서 구경꾼들로 법석였다. 나애란은 한참 더 걸어가다가 걸음을 멈추었다. 자기의 영정을 발견했기 때문이다. 나애란은 얼른 자기 영정 앞에 꽂힌 꽃송이부터 살펴봤다. 거기엔 장미나 백합, 또는 카네이션, 아니면 그 흔한 호박꽃 하나도 꽂혀 있지 않았다. 다만 안개꽃 한 다발이 꽂혀 있었다.

나애란은 그 안개꽃 다발을 한참이나 보고 있다가 손으로 얼굴을 가렸다. 그러고는 정신없이 납골당을 나섰다. 납골당을 나서자 절로 공중에 떠오르며 훨훨 날기 시작했다. 양측 겨드랑이로는 백로의 날개 같은 희고 큰 날개가 붙어 퍼덕이며 힘차게 공중을 날았다. 그렇게 얼마를 날아갔을까. 갑자기 온몸에서 힘이 빠지며 땅으로 추락하기 시작했다. 드디어 도시 한복판 어느 성당 앞에 곤두박질하며 추락하고 말았다. 추락한 나애란은 잠시 후 털고 일어나 정신을 가다듬어 성당 안으로 들어갔다. 그러고는 성모 마리아상 앞에 가 엎드렸다. 그녀는 태어나고 나서 단 한 번도 교회나 성당엘 가 본 적이 없었지만, 들은 풍월대로 기도를 했다.

"…성부 성자와 성신의 이름으로 기도합니다. 이 풍진세상 발버둥 치며 무모하게 살아온 삶, 수많은 죄를 짓고 살아왔음에 용서를 빕니다……"

나에란은 스스로 북받쳐 오르는 설움에 더는 말이 나오지 않았다. 그저 눈물방울만이 쏟아져 내렸다. 자의든 타의든 부모와 자식, 생이별의 남편, 친구 차홍실, 싫든 좋든 인연이면 인연이었고, 패륜이고 불륜이랄 뭇 남정네들과의 관계… 어깨를 들썩이기까지 하며 소리 없는 통곡을 했다.

그녀는 온몸이 열기와 함께 다리가 저리고 허벅지가 욱신거렸다.

그녀는 온몸에 흐르는 땀과 육신의 고통 속에서 눈을 감은 채 천주님께 기도를 했다. 하지만 육신은 더욱더 고통의 늪으로 빠져들었다.

천주님은 어떤 대답도 없었다. 그런데 한 신부님이 나타나 말했다.

"오늘은 이만 돌아가시고 다음에 다시 와 고해성사를 하시면 사죄 되어 천주님의 품으로 들어가게 될 것입니다."

나애란은 더 참을 수 없는 고통에 전신은 땀으로 범벅된 채 몸부림을 치다가 깨어났다.

부스스 뜬 눈에 찬란한 햇빛이 눈을 찔렀고, 뜨거운 햇볕이 전신을 달구고 있었다.

그녀는 간이침대에서 일어나 거실을 거쳐 안방으로 들어가 땀이 밴 겉옷을 벗어 놓고 욕실로 들어갔다. 욕조에 물을 가득 받아 그 속에 몸을 담갔다.

욕실은 금시 뿌연 수증기로 가득 찼다.

따뜻한 욕조의 물에 몸을 담그니 온몸이 녹아내리는 듯 노곤해져 왔다.

그러면서 허벅지에서 가려움증과 통증이 갑작스레 찢는 듯 아파왔다. 벌떡 일어서서 아픈 부분을 살펴보니 벌겋게 부어올라 있었다. 독사에 물렸던 자리가 덧나서 후유증을 일으키고 있었다. 그녀는 아픈 곳에 약을 바르고 밴드를 붙이고 붕대를 감은 후 다시 욕조에 몸을 담갔다. 전신이 몽롱해지며 나른해 왔다.

아픈 곳도 점차 수그러드는 듯했다.

그녀는 장시간 따뜻한 욕조 물에 몸을 담그고 있다가 욕실을 나와 옷을 갈아입었다. 화장도, 옷매무새도

다듬어 단정하고 정결히 해 집을 나섰다. 언젠가 길을 지나다 무심히 보았던 영세성당이 기억나 택시를 잡아타고 그곳으로 향했다.

성당 앞에서 하차해 바라본 성당은 꿈에서 본 성당과 어쩜 그렇게 선명히도 같을까 싶었다.

성당 너머로 해는 지고 거무스레한 어둠이 사방을 덮어왔다.

성당 안으로 들어갔다. 아무도 없는 성당 안은 몇 개의 전구가 희미하게 빛을 내고 있을 뿐 침묵만 성당 안에 가득했다.

나애란은 엷은 불빛을 받고 서 있는 성모 마리아상 앞 단 아래 엎드렸다. 그저 고개를 떨어뜨리듯 숙였다. 어떤 말도 나오지 않았다. 침묵만이 계속 되었다.

"성도님 오셨네요."

나애란은 고개를 들어 마리아상을 올려다보았다. 거기서 꿈에 만났던 신부님과 꼭 같은 한 신부님이 나애란을 향해 단 아래로 걸어 내려와 그녀의 앞에 서며 말했다.

나애란은 눈물로 범벅된 얼굴로 신부님을 쳐다보았

다.

　신부님은 들고 온 성수를 그녀의 머리 위로 뿌려 준 다음 엄숙하고 경건한 목소리로 말했다.

　"여기는 천주님과 신부와 성도님뿐입니다. 조금도 두려워 마시고 고해성사를 하십시오. 그리한 후면 천주님의 품으로 들게 될 것입니다. 자 시작하십시오!"

　나애란은 눈물 어린 눈이지만 신부님을 똑바로 쳐다보며 그가 살아오며 겪은 모든 잘잘못을 조금도 숨김없이 고했다. 무려 한 시간가량이나 걸렸다. 다리가 저리고 허벅지가 욱신거렸다. 만신이 으스러지는 듯했다.

　그렇게 해서 천주의 품에 안긴 나애란은 천주교의 교리에 따라 세례를 받았다. 세례명은 안나였다. 이제는 순이도, 애란도 아니었다. 수녀 안나는 교리를 공부하며 성당 안에서 두문불출하고 살게 되었다. 그녀는 바깥의 속세와는 담을 쌓았다. 수녀가 되어 그녀가 할 수 있는 천주교인으로서의 본분을 다하며 살았다. 이제는 그녀에게 오는 어떤 고통도 없었다. 해지고 달뜨는 것도 그녀에게는 의식되지 않았다. 그러든 어느 날 안나는 성당 앞마당으로 나갔다. 첨탑 위로 설치된 십자가가 우뚝한데, 그 첨탑의 중간쯤에 성모 마리아상이 안나의 눈에 선명히 들어왔다. 아울러 둥근 달이 십자가에 걸려 있고 구름이 흘러가고 있었다. 아니 구름이 가는지 달이 가는지 알 수가 없었다. 안나는 혼자였다. 밤 깊은 정원은 적막만 흘렀다. 계절은 가을쯤인지 서늘한 바람이 일었고 날씨는 맑고 조용한 밤이었다. 안나는 평소의 습관대로 두 손을 모아 마리아상 앞에서 기도를 했다. 그때 갑자기 몸뚱이가 두둥실 떠오르며 없던 날개가 양팔에 붙더니 날갯짓을 했다. 광활한 공간에 안나는 날고 있었다. 불빛 찬란한 도시를 지나고 인천공항과 황해를 건너는가 싶더니 다롄, 안산, 선양, 장춘, 지린성의 옌지를 거쳐 헤이룽장성의 하얼빈을 차례대로 돌아봤다. 보이는 곳마다 남겨 둔 발자국과 살아온 흔적과 추억 등 하고 많은 사건들도 많았지만, 그로부터 30여 년이 지난 지금은 미움도, 그리움도, 미련 등 그 어떤 것도 간직하지 않은 채 원점으로 돌아왔다. 그녀는 그렇게 한세월, 한 세상을 날개를 달고 하늘을 날 듯 중국의 동북 3성의 넓은 대륙과 동방의 나라 한국에 날개를 펄럭이며 원껏 날아다녔다. 그런 환상의 세계를 살아왔던 안나였다.

그랬던 안나가 지금은 영세성당의 마당에 서 있다.

지금 안나의 눈엔 영세성당의 지붕 위로 둥근 달이 떠 있고, 구름이 흘러가고 있었다.

안나는 둥근 달이 얼굴이라도 스칠 것 같은 높고 넓은 허공에서 갑자기 양 날개에서 힘이 빠지면서 추락을 했다. 추락한 곳은 바로 마리아상 앞이었다.

'아, 내가 왜 이러지?'

안나는 곤두박질치다시피 넘어졌다가 다시 땅을 짚고 일어섰다.

몸을 겨우 가누어 일어선 안나는 적막만 흐르는 성당 옆 숙소로 천천히 걸어 들어갔다.

안나는 이 성당에 들어온 날로부터 30년이 넘게 혼자 지낸 방이다. 이 방에는 안나가 들어오고 이날까지 어떤 타인도 들어오지 않은 방이었다.

지금 80대의 중반에 들어선 그녀의 머리에도 여느 여인네나 마찬가지로 백발이 성성했다.

안나는 자기 방으로 돌아오자 욕실에 가서 목욕을 하고는 깨끗이 세탁해 놓은 속옷을 갈아입은 후 역시 깨끗한 수녀복을 단정히 입었다.

그러고는 침대 머리맡에 정중히 모셔둔 마리아상을 향해 오랜 시간 긴 기도를 했다.

기도가 끝나자 입은 옷 그대로 곧 침대에 가 누웠다.

그녀는 육신과 정신의 편안함을 함께 느꼈다.

그녀는 한 생애를 살아오며 날개가 없어도 날았고, 날개가 있어도 추락했다.

그녀는 누운 침대 곁에는 적막 속에 침묵만이 가득 찼을 뿐 그녀의 숨소리도 들리지 않았다.

그날 이후 수녀 안나의 모습은 성당 안은 물론, 그 어느 곳에서도 보이지 않았다. (끝)